德格：湖山之间，故事流传／远望玉树／成功，在高旷荒原上突然闯入的词／大地的语言／非主流的青铜／哈尔滨访雪记／声音／界限／清晨的海螺声／露营在星光下／从乡村到城市／看望一棵榆树／被机器所审视／以为麻醉剂能让我飞起来／错过了蜡梅的花期

中华散文珍藏版

阿来散文

人民文学出版社

图书在版编目(CIP)数据

阿来散文/阿来著. —北京：人民文学出版社，2015
（中华散文珍藏版）
ISBN 978-7-02-011264-7

Ⅰ.①阿… Ⅱ.①阿… Ⅲ.①散文集—中国—当代 Ⅳ.①I267

中国版本图书馆 CIP 数据核字(2015)第 286722 号

责任编辑	廉　萍
装帧设计	刘　静
责任印制	王景林

出版发行　人民文学出版社
社　　址　北京市朝内大街 166 号
邮政编码　100705
网　　址　http://www.rw-cn.com

印　　刷　三河市鑫金马印装有限公司
经　　销　全国新华书店等

字　　数　167 千字
开　　本　880 毫米×1230 毫米　1/32
印　　张　6.875　插页 8
印　　数　1—8000
版　　次　2016 年 9 月北京第 1 版
印　　次　2016 年 9 月第 1 次印刷

书　　号　978-7-02-011264-7
定　　价　30.00 元

如有印装质量问题，请与本社图书销售中心调换。电话:010-65233595

作者像

作者手迹

意大利。上世纪九十年代初,第一次去欧洲,到意大利。与其他三位作家一起同行,访问了西西里、罗马、佛罗伦萨和米兰。其中一位作家已经离我们而去我们所不知道的地方了。

若尔盖草原。二十七八岁的时候,那还是我的诗歌时代。总是在故乡大地上四出漫游。看到这张照片,想起原来自己也当过长发青年。

阿坝某处。记不得是什么时间什么地点拍下这张照片的了,肯定是十年之前。去过的山太多了,山都那么相似。积雪的坡面,杉树耸立的脊线,从这座山到那座山,从这道谷到那道谷,看起来都那么相像。

黑龙江阿城。第一次到冬天的东北,第一次去到一座滑雪场。不会滑雪,于是爬上滑雪场后的小山岗,坐在雪地里感受兴安岭的气息。是时,山下有一列火车喷吐着白烟蜿蜒而过。几声汽笛压过了鸟叫声。不过,很快,一切又都恢复了宁静。

《尘埃落定》初版封面

《尘埃落定》经典版封面

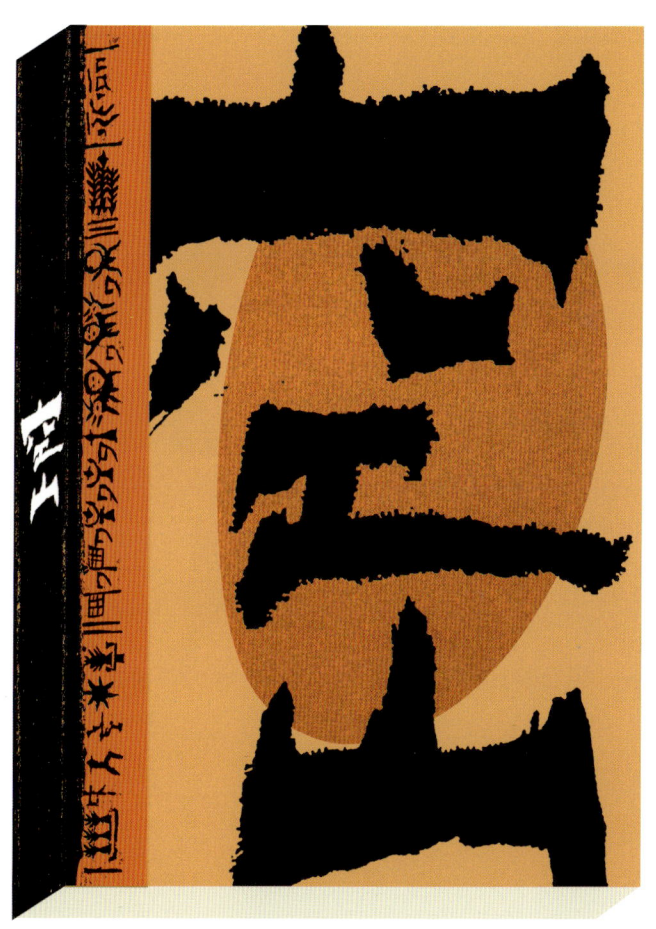

《空山》初版封面

《空山》三部曲书影

出 版 说 明

为了全面展示二十世纪以来中华散文的创作成就,我社于2005年4月编辑出版了"中华散文插图珍藏版系列"。到目前为止,已经出版了四辑五十位现当代文学大家的散文集,其目的是要将"五四"新文学革命以来近百年间的中华散文作一次全方位的展示和总结。为此,该系列书也成了"人文版"散文的标志性出版物,在作家、读者和图书市场中产生了极大的影响。

这套"中华散文珍藏版"是在此基础上的精选,其宗旨是进一步扩大散文的社会影响力,优中选优,精益求精,为读者,特别是为青年读者提供一套散文阅读范本。

人民文学出版社一直秉承读者至上、质量第一的出版原则,但愿这套书的出版,能为多元思潮中的人们洒下一捧甘霖。

人民文学出版社编辑部

目 录

德格:湖山之间,故事流传 ………………………… 1
青藏线,不是新经验,也不是新话题
　　——青藏笔记一 ……………………………… 17
火车穿越的身与心
　　——青藏笔记二 ……………………………… 23
政经之外的文化
　　——青藏笔记三 ……………………………… 27
远望玉树 ……………………………………………… 31
成功,在高旷荒原上突然闯入的词 ………………… 36
大地的语言 …………………………………………… 41
非主流的青铜 ………………………………………… 52
哈尔滨访雪记 ………………………………………… 62

声音 …………………………………………………… 66
界限 …………………………………………………… 73
清晨的海螺声 ………………………………………… 79
露营在星光下 ………………………………………… 85
从乡村到城市 ………………………………………… 94
看望一棵榆树 ………………………………………… 100
被机器所审视 ………………………………………… 104
以为麻醉剂能让我飞起来 …………………………… 110

错过了蜡梅的花期 ··· 115
我只看到一个矛盾的孔子
　　——病中读书记一 ··· 119
善的简单与恶的复杂
　　——病中读书记二 ··· 123
不是解构,不是背离,是新可能
　　——病中读书记三 ··· 136
道德的还是理想的
　　——关于故乡,而且不只是关于故乡 ····················· 143

随风远走
　　——茅盾文学奖颁奖礼上的答词 ·························· 148
穿行于异质文化之间
　　——在国际比较文学学会上的演讲 ······················ 151
人是出发点,也是目的地
　　——第七届华语文学传媒大奖获奖词 ··················· 156
我只感到世界扑面而来
　　——在渤海大学的演讲 ···································· 163
文学表达的民间资源
　　——在中央民大等高校的演讲 ····························· 176
落不定的尘埃
　　——《尘埃落定》后记 ····································· 187
《空山》三记
　　——有关《空山》的三个问题 ····························· 192
《格萨尔王传》:一部活着的史诗
　　——小说《格萨尔王》再版后记 ·························· 204

德格：湖山之间，故事流传

王啊，今天我要把你的故事还给你，我要走出你的故事了。这是一个小说家的宿命，从一个故事向另一个故事漂泊。

总摄大地的雪山

我在小说《格萨尔王》中，如此描写了康巴这片大荒之野：

康巴，每一片草原都犹如一只大鼓，四周平坦如砥，腹部微微隆起，那中央的里面，仿佛涌动着鼓点的节奏，也仿佛有一颗巨大的心脏在咚咚跳动。而草原四周，被说唱人形容为栅栏的参差雪山，像猛兽列队奔驰在天边。

躺在一片草原中央，周围流云飘拂，心跳与大地的起伏契合了，因此，由于共同节律而产生出某种让人自感伟大的幻觉。站起身来，准备继续深入时，刚才还自感伟岸的人立时就四顾茫然。往前是宽广的草原，往后是来路，往左，是某一条河和河岸边宽阔的沼泽带，往右，草原的边缘出现了一个峡口，大地俯冲而下。来到峡口边缘，看见河流曲折穿行于森林与草甸之间。河流迅速壮大，峡谷越发幽深开阔，从游牧的草原上，看到了峡谷中的人烟，看到农耕的田野与村庄渐次出现。

这是我在青藏高原无休止的旅行中常常出现的情形,身后是那顶过了一夜还未及收拾的帐篷。风在吹,筑巢于浅草丛中的云雀乘风把小小的身子和尖厉的叫声直射向天空。其实,要重新拾回方向感很简单,只需回到山下,回到停在某一公路边的汽车旁,取出一本地图,公路就是地图上纵横曲折的红色线条。

但除了这种抽象的方位感,我需要来自大地的切实的指引。

因此,要去寻找一座巍然挺立的雪山。

康巴大地,唯有一座雪山能将周围的大地汇集起来,成为一个具有召唤性的高地。作为这片大地宿命的跋涉者,向着雪山靠近的本能是无从拒绝的。于是,从海拔3000多米的草原逆一条溪流而上。4000米左右是各色杜鹃盛开的夏天。再往上,山势越发陡峭,流石滩闪耀着刺眼的金属光泽,风毛菊属和景天属的植物在最短暂的东南季风中绽放。巨大的砾石滩下面,看不见的水在大声喧哗。由此知道,更高处的峭壁上,冰川与积雪在融化。从来没想要做登山家,也不想跟身体为难,只想上到5000多米的高度,去极目四望。在好些地区,这就是总摄四方的最高处。但在康巴,那些有名的雪山都是大家伙,海拔往往在6000米以上,仅在我追踪格萨尔踪迹的路上,从东南向西北,就一路耸立着木雅贡嘎、亚拉、措拉(雀儿山),再往西北而去,视野尽头,是黄河萦绕的阿尼玛卿。那我就上到相当于这些高峰的肩头那个位置。地图上标注的海拔总是这些山的最高处,而从古到今,不要说是人,就是高飞的鹰,也并不总是从最高处翻越。后来,总要发明什么的人发明了登山,才使很多人有了登顶的欲望。古往今来,路人只是从两峰之间的山口,或者从山峰的肩头越过某一座山。

在我,靠近一座雪山,不仅是路过,更是为了切实感受康巴大地的地理。特别是当我进行重述英雄史诗《格萨尔王传》的写作时,更需要熟悉其中一些雪山。因为这神话传奇产生的时候,大地上还没有地图所标示的那些道路,甚至也没有地图。在藏族人传统的表述中,康巴地区是"四水六岗"。"六岗"就是高原上六座雪山所总领的更高地,是奔涌大地的汇集,人们瞩望的中心,更是上古时代就已经出现在人心灵之中的山神的居所。英雄格萨尔的故事产生的时候,古代的人们就这样感知大地。

因此,我必须要靠近这些雪山。

追寻格萨尔故事的踪迹,真正要靠近的就是措拉(雀儿山)。但到真的进入这个故事,真实的地理就显得虚幻迷离了。

光影变幻的高原湖:玉隆拉措

从成都西行,走国道318线,过康定,越折多山口,川藏线分为南北两路。

我上北路——国道317线,一路上可以遥望两座有出世之美的晶莹雪峰。一座是号称蜀山之王的木雅贡嘎,一座是四周环绕着如今丹巴、康定和道孚三县上万平方公里峡谷与草原的亚拉雪山。要在过去的旅行中,我早已停留下来了。但现在,我紧踩油门,只是从车窗里向外了望几眼。近三年来的目的地还在几百公里之外,是格萨尔的故事流传最盛,也是史诗中主人公诞生的地方:德格。被措拉雪山总摄的德格。

一天半后,终于到达了德格的门户,海拔3880米的小镇玛尼干戈。在加油站旁边的小饭馆吃完午餐,就可以遥望那座雪山了。这里,道路再次分岔,往西北,是格萨尔的出生地阿须草原。我并不急着就去故事的起始之地,我要在外围地带徘徊一番,多感受些气氛。一个寻找故事的人想体验一番被故事所撩拨的感觉。

而心绪真的就被撩拨了。

如果说神山是雄性的,那么总是出现在雪山下方,由冰川融水所滋养的湖泊就是阴性的。出玛尼干戈镇几公里,刚刚望见雪山晶莹的峰顶和飞悬在峭壁上的冰川,那面名叫玉隆拉措的湖就出现了。"措"在藏语里是阴性的,是湖泊的意思,也是女人名字里常用的一个词。这个湖还有一个汉语的名字:新路海(新道路边的海子?)。春夏时节,湖水并不十分清澈,融雪水带来的矿物质使湖水显出淡淡的天青色。湖岸上站立着柏树与云杉,云影停在湖中如在沉思。如果起一阵微风,花香荡漾起来,波光立时让一切明晰的影像失去轮廓。安静的湖顷刻间就纷乱起来,显出魅惑的一面。

故事里,这个湖是和格萨尔的爱妻珠牡联系在一起的。珠牡,据说是整个岭国最美丽的女子。故事里的男主人公刚刚出生,她就是令岭国众英雄垂涎的姑娘了。后来,格萨尔经历诸多磨难登上岭国王位,珠牡姑娘依然保持着青春,这才和另外十二个美女同时嫁给了年轻的国王。故事里,美丽的女人往往也是善良的。自古到今,传说故事的人们会无视现实中外在的美貌与内在的心灵之美常常相互分离的事实,总给漂亮的女人以美丽的心灵,或者说,给善良的女人以美丽的外貌。这或者是出于对美丽女人的崇拜,我更以为可能出于对心灵美好却容貌平凡的女子们的慈悲。

仅仅是这样的话,故事里的女主角还不够生动。

为了让故事生动,从古到今,讲故事的人已经发展出很多套路。在措拉雪山的冰川还很低很低,冰舌可能直接就伸入湖中的时候,那些讲故事的人们就知道这些伎俩了。于是,故事里那个常在这个漂亮湖泊里沐浴的珠牡,就常常面临着种种诱惑而抗拒着,也动摇着,身不由己。她曾亲自动身前去迎接格萨尔回来参加赛马大会和叔父争夺岭国王位。就在这样严肃的时刻,在去完成重要使命的路上,她就被路遇的印度王子弄得芳心激荡,因为"王子的眼窝仿佛幽深的水潭"。

这种软弱让故事中的女人复杂起来。

珠牡也常常被嫉妒所折磨。如果不是这样,她的姐妹王妃梅萨不会被魔王掳去。珠牡自己也不会被出卖给北方霍尔国的白帐王。在有些格萨尔故事的版本里,珠牡被掳后被白帐王强做夫妻的一幕真是活色生香。珠牡不从,但不是誓死不从,只是千方百计逃避被白帐王强占身体。这个有些神通的女人千变万化,化成种种动物与物件。但万物生生相克,那白帐王神通更胜一筹,自然就能变幻成能降服珠牡所变动物或物件。不觉间,带着悲愤之气的故事变成了男女征逐的游戏,而且这游戏还颇具情色意味。珠牡最后变幻成一枚针,便于藏匿,锋利扎人又不伤性命。好个白帐王,摇身一变,成了一根线,一根逶迤婉转的线。线要穿过针,针要躲避线。缠绕,跳跃,躲闪,磕碰……终于那根坚硬的针却被柔软的线所穿过了。

岭国王后珠牡成了霍尔国王的妻子。九年之后,格萨尔才杀掉白帐王,把她夺回身边。

好多人问我,说一个国王怎么还会把这样的女人留在身边,而且继续给她万千宠爱。我想,他们的意思是说,一个国王怎么可以容忍别的男人占有自己女人的身体。这是我无从回答的问题。珠牡也没有让这样的问题困扰过自己,回到岭国很多年后,故事里的她似乎仍然没有老去,其美貌依然沉鱼落雁。珠牡唯一一次为国出征,是和梅萨一起去木雅国盗取通过雪山的法宝。就在这样的重要时刻,她经不住另一面湖水的诱惑,一定要下去裸泳一番。弄不清楚讲故事的人是要写她爱个人卫生,还是想展示一下美丽的胴体。故事总是要包含些教训的,因此珠牡王后的这番身体展示让王妃梅萨被拘,使格萨尔这个妻子二度成了别国国王的爱宠。

在为了重述《格萨尔王传》这部史诗而奔波于康巴高原的将近三年时间里,每一次,当我经过如今被更多人叫做新路海的玉隆拉措时,我都会在湖边凝视一番,想一想这个湖,更是想一想故事里那个因为有过错,有缺点,反而因此生动起来的叫做珠牡的女人,这个被今天的藏族人所深爱的女人。

湖边,长得仿佛某种杜鹃的瑞香正在开花,浓烈到浑浊的香味使眼前的一切都有一种迷幻般色彩。英雄故事的阳刚部分还未显现,其阴柔的部分就已在眼前。

每次都是这样,都是先遭逢这个柔美的女性的湖,然后,才攀登上男性的有骁勇山神居住的措拉雪山。

德格:土司传奇

措拉(雀儿山)其实不是一座,而是一群雪山,5000米以上的山峰就有17座,主峰绒麦峨扎海拔6168米,耸立于尚未汇流东南向的金沙江与雅砻江两大峡谷之间。

国道317线从5000米出头一点的山口穿过。

东面的冰川造就了那个光影变幻的玉隆拉措,越过山口向西,大地带着一股凌厉之气急剧地俯冲而下,冰川与融雪哺育了一条河:濯曲。"曲"是藏语里又一个基本的地理名词,即汉语中的河。濯曲迅即下降,壮大,十几公里的距离内,汇集了高山草甸区伏地柏、红柳和鲜卑花灌丛纠结地带的众多溪流,很快就变成了一条白浪喧腾的河。有了力量的水,更迅疾地造出下降的地势,在坚硬的岩石中切出幽深的峡谷。桦树与杉树的峡谷,花楸树和栎树遮天蔽日的峡谷。快到德格县城更庆镇时,就20公里左右,已经陡然下降了两千来米,河道和沿河公路两边壁立着万仞悬崖,按住头上的帽子仰面才能看到青天一线。冲出谷口,地势骤然平缓开敞,耕地、村落和寺庙依次出现。

藏学家任乃强先生二十世纪二三十年代曾到此游历考察,著有《德格土司世谱》,其中记载了这段峡谷的人文史。说在格萨尔王建立岭国几百年后,有一个岭国勇士,名叫洛珠刀登,"有女美而才,岭王求以为妃,许给一日犁地的聘礼。乃率其仆,沿濯曲南犁,暮达龚垭之年达,得长七十里之河谷。岭王因赐之。遂,得为有土地之独立小部落"。

"唯此段河谷,有三十余里为石灰岩之绝峡,仅半段为可耕地,亦甚促狭……当时民户,不超过三十家。"

到清朝中叶,奉格萨尔为祖先的岭部落日益衰落,洛珠刀登于濯曲弹丸之地起始的德格家族的势力却日益壮大,雍正年间,被清廷招抚,授安抚司衔。其辖地最盛时曾经领有金沙江两岸今四川与西藏德格、白玉、江达、石渠等县数万平方公里的土地和人民。

"洛珠刀登既受七十里之河谷封邑,卜宅于今德格县治所在。卜宅之初,曾筑渺小之花教寺庙……其后此寺发展为德格更庆寺,为康区一大花教(萨迦派)中心。"后更依托此寺,创建了德格印经院。

登巴泽仁土司执政时期,于筹建印经院建筑的同时,筹划印版的刻制工作。从雍正七年(1729)至清乾隆三年(1738)的近10年间,较大规模的刻版工作全面铺开,完成了《甘珠尔经》的编校、刻版和《丹珠尔经》的印版刻制。同时还完成了一些其他典籍的印版刻制工作,印版总数近10万块。此后,历代土司家族又主持编辑和刻制的重要文献数十部,共计340多函,使德格印经院印版数超过20万块。

到今天,德格印经院已有270多年的历史,院藏各类典籍830余部,木刻印版29万余块。院中浩瀚的印版、典籍对研究藏族历史、政治、经济、宗教、医学、科技、文学、艺术等具有极高的学术价值,引起海内外学界瞩目,成为一个保存并传布藏族传统文化的中心。

因了印经院的文化传播之需,德格地区的雕版术、手工制纸和印刷术得以保存发扬,成为当地引以为傲的非物质文化遗产。

颇有意思的一个现象是,德格土司家族崛起的历史,也是将格萨尔王奉为祖先,并将格萨尔王所开创的岭国视为基业的林葱土司家族逐渐衰亡的历史。这种此消彼长的关系应该包含着强烈的敌对因素。但在德格土司统辖的土地上,却依然将岭部落的祖先格萨尔视为一个伟大的英雄,像自己的祖宗一样引以为傲。

在德格印经院中,就珍藏有格萨尔画像的精美雕版,常有崇拜英雄的百姓去那里印刷,请回供奉,或作为珍贵礼物馈赠亲友。一位20世纪30年代进藏区学佛求法的汉族人也到过德格,他写道:"西康有一种风俗,印经的人要自备纸墨,另外还要付给印刷工人工资,这样就可以挑选自己喜欢的经版进行印刷。"

龚垭:千年城堡的废墟

离开德格县城沿濯曲(德格河)向西南方而下,在国道317线962公里处,一个地名叫做龚垭的地方,在河谷旁边山坡上一座规模不大的寺庙四周,和寺庙的基础上,有遥远时代遗留的许多土夯残墙。民间都相信,这里曾经是格萨尔同父异母的兄长,嘉察协噶当年镇守岭国南部的城堡残留。在寺院对面的山冈上,一道城墙的残迹宛然在目,顺山坡蜿蜒而上,连接着冈顶上一座四方形的破败城堡。看起来,这座还颇具形态的小城堡应该是主城堡的拱卫。嘉察协噶是格萨尔的父亲和其汉人妻子所生。在故事里,他也是一个善妒的角色,但这个汉藏混血的儿子,在岭国三十大将中最是正直勇猛,内心洁净而气度宽广。当年轻的国王沉迷于女色的魅惑,王妃珠牡被掳,身为重臣的叔父晁通背叛国王。在这样的危局下,嘉察协噶率军与霍尔大军抗衡,以少抗多,殒命沙场,留得忠烈之名世世传扬。庙里的喇嘛骄傲地向我展示两样东西。一只可以并列五支利箭的箭匣(称匣而不称袋,因为盛箭之物确是一个木雕的长方形盒子),说是嘉察的遗物。这种遗存,凡是格萨尔故事流传地区,到处皆有,我更相信其中纪念英雄的强烈情感。

另一个遗存,却使我吃惊。喇嘛指给我看护法神殿围墙上几块赭红色的石头,说那是嘉察协噶筑此城堡时的墙基。拿下一块来,沉甸甸的,却见赭红的带气泡的物质中包裹着大小不一的碎石。陪我寻访的当地专家泽尔多吉老师说,嘉察协噶城堡的墙基用熔化的铁矿石浇铸而成,发掘出来就是眼前这赭红而坚硬的东西,如石如铁。看来那个时代,熔铁的温度并不太高,所以这些含铁的矿石只是处于半熔解的状态,将其倾入挖好的地基,也足以牢牢地黏合在一起,在冷兵器时代牢不可破。

在外人的概念中,一到康定便算是进入了西藏,但本地人自古便不自称西藏,而称这片雪山耸峙、农耕的峡谷与游牧的草原相间的地方叫康巴。离开龚垭,沿濯曲往西南,就到了金沙江边。隔江望见一孤立的临江巨石上,两个用红漆描过的大字:西藏。金沙江在行政区划上,正是四川与西藏之间的界江。过去的牛皮船渡口,如今有一座岗托大桥相连。

濯曲(德格河)从此地汇入金沙江。

故事里的格萨尔远比实在的岭国国王勇武百倍,其疆域西接大食,南到印度,北接霍尔蒙古,东邻汉地,至少是整个青藏高原,甚至比之于青藏高原还要广大。而历史上作为故事底本的那个岭国实际疆域却要小很多。那时候,因为交通不便,空间封闭,人们居住在一个小小的国中也会以为疆域广大。从原岭国疆域中崛起的德格土司占有如今几个县几万平方公里的土地后,也自诩为"天德格,地德格",意思就是天地之间都是德格。

无论格萨尔还是后起的德格土司的伟业,同样都变成了日益遥远的故事,带着神秘与缥缈的美感。实实在在的是,河岸边的台地上,即将收割的麦子一片金黄。

金沙江边的兵器部落

没有过江的计划,便沿江岸而下,目的地是金沙江东岸的河坡乡。

那里,家户生产的"白玉藏刀"享誉藏区。传说这个峡谷中原本没有人烟,只有鸟迹兽踪,森林蔽日,瘴气弥漫。因为岭国有了冶铁之术,并在峡谷中发现了铁矿和铜矿,格萨尔便从西北部的黄河边草原上迁来整个部落,让他们在这里冶炼矿石,打造金属兵器。之后,岭国军队兵锋到处,所向披靡。

第一次到达这里,已是黄昏。

那些堡垒般的民居中,传来叮叮当当敲打铜铁的声音。在拜访的第一户人家天台上,摆放的不是兵器,而是寺院定制的金顶构件:铜瓦脊,铜经幢。

第三户人家在打造各型刀具。

我把拜访兵器部落的经过写在了小说《格萨尔王》里。只是我已经成了小说里的说唱人晋美:

> 那天,长者带他来到山谷里一个村庄。长者的家也在这个村庄。金沙江就在窗外的山崖下奔流,房子四周的庄稼地里,土豆与蚕豆正在开花。这是个被江声与花香包围的村庄。长者一家正在休息。三个小孩面孔脏污而眼睛明亮,一个沉稳的中年男子,一个略显憔悴的中年妇女。他们脸上都露出了平静的笑容。晋美想,这是和睦的一家三代。长者看看他,猜出了他的心思,说:"我的弟弟,我们共同的妻子,我们共同的孩子,大儿子出家当了喇嘛。"长者又说:"哦,你又不是外族人,为什么对此感到这般惊奇?"

说唱人不好意思了，在自己出生的村庄，也有这种兄弟共妻的家庭，但他还是露出了惊奇的神情。好在长者没有继续这个话题，他打开一扇门，一个铁器作坊展现在眼前：炼铁炉、羊皮鼓风袋、厚重的木头案子、夹具、锤子、锉刀。屋子里充溢着成形的铁器淬火时水汽蒸腾的味道，还有用砂轮打磨刀剑的刃口时四处飞溅的火星的味道。未成形的铁，半成品的铁散落在整个房间，而在面向窗口的木架上，成形的刀剑从大到小，依次排列，闪烁着寒光。长者没等他说话就看出了他的心思，说："是的，我们一代一代人都还干着这个营生，从格萨尔时代就开始了，不是我们一家，是整个村子所有的人家，不是我们一个村子，是沿着江岸所有的村庄。"长者眼中有了某种失落的神情，"但是，现在我们不造箭了，刀也不用在战场了。伟大的兵器部落变成了农民和牧民的铁匠。我们也是给旅游局打造定制产品的铁匠。"长者送了他一把短刀，略为弯曲的刀把，比一个人中指略长的刀身，说这保留了格萨尔水晶刀的模样。

我是在去往河坡的路上遇到这个老者的。我也将路遇这个老者的情形搬演到了小说里：

在路上，说唱人遇到了一个和颜悦色的长者，他的水晶眼镜片模糊了，就坐在那里细细研磨。长者问他："看来你正苦恼不堪。""我不行了。"他的意思是，听到的好多故事把自己搞糊涂了。

长者从泉眼边起身说："不行了，不行了。"他把说唱人带到大路旁的一堵石崖边，"我没戴眼镜看不清楚，你的眼睛好使，看看这像什么。"那是一个手臂粗的圆柱体在坚硬的山崖上开出的一个沟槽。像一个男性生殖器的形状。但他没有直接说出来，他只说："这话说出来太粗鲁了。"

长者大笑,说:"粗鲁?神天天听文雅的话,就想听点粗鲁的,看,这是一个大鸡巴留下来!一根非凡的大鸡巴!"

长者给他讲了一个故事。当年格萨尔在魔国滞留多年,在回到岭国的路上,他想自己那么多年日日弦歌,夜夜酒色,可能那话儿已经失去威猛了。当下掏出东西试试,就在岩石上留下了这鲜明的印痕。长者拉过他的手,把那惟妙惟肖的痕迹细细抚摸。那地方,被人抚摸了千遍万遍,圆润而又光滑。然后,长者说:"现在回家去,你会像头种马一样威猛无比。"

后来,我向老者表达过我的疑问——格萨尔征服了霍尔回来不可能经过这个地方。因为霍尔在北方,岭国的王城也在北方。这里却差不多是南方边界,是嘉察协噶镇守过的边疆。

老者不说话,看着我,直到我和他分手,离开他的民间知识视野所覆盖的地盘,他才开口问我:"为什么非要故事就发生在真正发生的地方?"

我当然无从回答,但对一个写小说的人来说,这句话给了我很大的启发。

从河坡继续沿金沙江而下可到白玉。从白玉沿金沙江继续南下可到川藏南路的巴塘。从白玉转向东北,可以到甘孜。在白玉和甘孜界山南坡,有一大自然奇观,古代冰川退缩后,留下的巨大的冰川漂砾滩。浅草长在成阵的巨石之间,质地坚硬的褐色苔藓覆盖了石头的表面。高原的风劲吹,天空低垂,一派地老天荒之感。

格萨尔故乡:阿须草原

但我不走这两条道路,我退回德格。由西向东翻越措拉

（雀儿山）山口，回玛尼干戈镇，离开国道，上省道217线，再次从措拉（雀儿山）左肩翻越去西北方向。

我喜欢感觉到雪山总摄了大地。德格在措拉的西南，而我现在要去的地方是在雪山的西北，龙胆科和飞燕草花期的草甸，雪山，冰川。就在冰川舌尖下面，是远近闻名的宁玛派名刹竹庆寺。

旅游指南上说："寺院所在的雪山上下布满成就者的修行山洞与道场，是极具加持力的修行圣地。"还看到一则材料，说这个寺院僧人并不多，但因为在藏传佛教各教派中，这个寺院不热心参与政治，所以喇嘛们潜心修持，有成就者不在少数，他们利乐众生，其影响远在藏区之外。我就曾在某年八月，躬逢法会，数万信众聚集而来，聆听佛音，信众中有许多是远道而来的港台信徒。在格鲁派寺院中禁止僧人念诵格萨尔这个本土神人故事的时候，这个寺院却创作了一出格萨尔戏剧，不时排演。我没有遇到过大戏上演，但看见过寺院演剧用的格萨尔与其手下三十大将的面具，各见性情，做工精良。

说德格是格萨尔故乡，一来是指格萨尔似乎真的出生于此，更重要的，此领域内对这个神化了的英雄人物百般崇奉。一次，我们停下车来远眺雪山，路边一个康巴汉子猛然就向汽车扑来。同车人大惊，以为有人劫道，结果那条康巴大汉扑到车上只是为了用额头碰触贴在车窗上的格萨尔画像。

现在，我们到了措拉（雀儿山）的西北方。道路在下降，这下降是缓缓地盘旋而下。从山口下降1000米左右，然后，草原与河谷两边的浑圆山丘幅面宽阔地铺展开去，仿佛一声浩叹，深沉又辽远。

这就是阿须草原，史诗中主人公的生身之地。

丛生的红柳和沙棘林，掩映着东南向的浩荡雅砻江水。每次来到这里，都是这个月份，草原上正是蓝色花的季节：翠雀、乌头、勿忘草。但纯粹是"拈花惹草",并不需要如此深入康巴的腹地。高原边缘那些正迎着东南季风的地带,多种多样的植物往往带来更多的变化与惊喜。我三到阿须,都是为了追寻英雄故事的遗迹。

第一次到阿须是一个下午,岔岔寺的巴伽活佛在格萨尔庙前搭了迎客的帐房,僧人们脱去袈裟,换上色彩强烈的戏服,为我们搬演格萨尔降魔的戏剧。那次我没有主动去与活佛认识,而急于央人带我去寻找格萨尔降生时在这片草原上留下的种种神迹。

牧区的妇女都不在家中分娩,看来是古风遗传。在阿须,格萨尔作为神子下界投胎时,其落地处就在阿须草原一块青蛙状的岩石下面。这个地方,在千年之后还在享受百姓的香火。

还有一个遗迹当地百姓也深信不疑,草原上一块岩石上有一个光滑的坑洼,正好能容下一个小孩的身躯。人们说,那是格萨尔刚刚出生不久,其叔父晁通要置将来的国王于死地,把那孩子在岩石上死命摔打,结果,格萨尔有神灵护佑,毫发无伤,倒是柔软的身躯在岩石上留下了等身的印痕。直到今天,这还是格萨尔具有神力的一个明证。

如此长存于岩石上的还有一个格萨尔屁股的印痕。他刚刚出生三天,有巨大的魔鸟来此作恶,神变小子背倚岩石弯弓搭箭,射死了魔鸟,也许是用力过度,将此印痕长留人间。

英雄故事的悠长余韵留给后人不断回味,功业却不能持久保留。所谓霸业江山比之于地理要经历更多的沧海桑田。

学者们差不多一致推断,格萨尔生活在一千多年前。到了清道光年间,将格萨尔奉为祖先的林葱家族只是清朝册封的一介小土司了。作为英雄之后,回味一下祖先的荣光也是一种合理的精神需求。土司家族便在有上述遗迹的河滩草地上建起了一座家庙,供奉祖先和手下诸多英雄的塑像。据说庙中曾珍藏有格萨尔的象牙印章,以及格萨尔与手下英雄使过的宝剑和铠甲等一应兵器。老庙毁于"文化大革命",林葱家族也更加衰败。直到1999年,由附近的岔岔寺巴伽活佛主其事,得政府和社会资助,这座土司家族的家庙以格萨尔纪念堂的名义恢复重建。加上纪念堂前格萨尔身跨战马的高大塑像,成为当地政府力推的一个重要景点。前不久,我还在成都见了巴伽活佛,在一家名叫祖母厨房的西餐馆里就着牛排感慨一番那个后继乏人的英雄家族。

还曾在那座塑像前听说唱艺人演唱格萨尔故事的片段。

第三次去阿须,小说《格萨尔王》即将出版。我第一次走进了那座安静的小庙。在院中柳树荫下,安卧着一只藏羚羊,它面对快门咔嚓作响的相机不惊不诧。护院人说,这野物受了伤被人送到庙里,现在伤好得差不多了,该放其归山了,但看样子,它倒不大想离开了。

这是我第一次走进这座小庙,在格萨尔塑像前献了一条哈达,我没有祈祷,我只是默念:王啊,今天我要把你的故事还给你,我要走出你的故事了。这是一个小说家的宿命,从一个故事向另一个故事漂泊。完成一个故事,就意味着你要离开了。借用艺人们比兴丰沛的唱词吧:

　　雪山老狮要远走,
　　是小狮的爪牙已锋利了。
　　十五的月亮将西沉,
　　是东方的太阳升起来了。

在小说的结尾,我也让回到天上继续为神的格萨尔把说唱人的故事收走了。因为那个说唱人已经很累了。

说唱人把故事还给神,也让我设计在了这个地方。

　　失去故事的说唱人从此留在了这个地方。他经常去摸索着打扫那个陈列着岭国君臣塑像的大殿,就这样一天天老去,有人参观时,庙里会播放他那最后的唱段。这时,他会仰起脸来凝神倾听,脸上浮现出茫然的笑颜。没人的时候,他会抚摸那支箭,那真是一支铁箭,有着铁的冰凉,有着铁粗重的质感。

青藏线，不是新经验，也不是新话题

——青藏笔记一

如果说，这条铁路的建成，对建设者是一个胜利，而对这条铁路经过的高原，对这条铁路所冲击的古老文化，对当地政府与老百姓，这到底是一个天降的福音，还是一个巨大的考验，全赖于面临这样一个新机遇的人们有没有准备好去迎接挑战。

未曾提笔写下这些文字，心里就存有疑问：一条新修的铁路足以构成一个复杂的话题？更未曾想到的是，自己会参与到这个话题中来。

这么些年来的写作生涯中，对这样的公共话题，我不是努力接近，而是尽量远离。在我的经验中，当一个话题裹挟了越来越多的人、越来越多媒体的时候，就意味着，这个话题的体积会迅速增大，增大到我们可以在这个体积中开掘出众多的迷宫，使制造话题的人和参与话题的人一起迷失其中。而引起话题的那个事件，或者说，话题企图干预或影响的那个事件，依然按照早先的设定发展，延伸，直到定局。最后的结果往往是，当同类事件再次搬演，依然坚定地自行其是，而未有结果的话题被所有人遗忘，悬置于空中，早已风干。

青藏铁路这个话题也是一样，当它尚是纸上蓝图的时候，一些讨论就已经开始。而铁路本身并不太理会这些讨论，而是按照预定的规划,走下了图纸,在高旷的青藏荒原上延伸。它自己在坚定推进的同时,也把围绕它的话题推向了高潮。但它只需要坚定地完成自己,直到亮闪闪的铁轨终于铺到了拉萨,这个在各种语境中都非常符号化的城市。一百多年了,外部世界有那么多人都把进入拉萨当成一个巨大而光荣的梦想,人们从四面八方,用各种各样的方式去实现这个梦想,这个过程因为艰难与漫长本身也成为了奇迹。到了今天,人类也就只剩下了一种方式,把铁路修到拉萨,坐着火车到达拉萨。好了,现在最后的一击已然完成,只待一个早已选定的吉日,一声长长的汽笛,旧拉萨曾经代表的旧的时代对整个世界关闭着的最后一扇门就訇然一声倒下了。

那扇门早已腐朽,却存在了比预想更长的时间。

我想,正因为早就腐朽而失去了重量与质感,所以,这门倒下去甚至都发不出什么像样的声音了。但议论声却轰然而起:欢呼、怅惘、哀惋、愤怒,而且,像我们已经经历过的所有新旧交替时的讨论一样,话题中所涉及的所有方面,所有新生与停滞的力量,都像第一次被发现,第一次被提出,第一次被讨论,真好像,这是整个人类初潮一样的新鲜经验。

其实,只要去掉背景上西藏这样一个无论在政治还是在文化上都显得敏感的字眼,去掉讨论这个话题时一旦关涉西藏时就容易脱离现实语境的奇怪冲动,就会发现,讨论这个话题的所有方面:政治、科技、文化、生态……所有方方面面的现实考量与发展伦理,都已经被不厌其烦地讨论过了。而其中有些问题本身已经不再成为问题。

更为重要的是,当我们把青藏线当成一个崭新的事物来对待的时候,甚至忽略了一个基本的事实,现在已基本完工,并将在一个预定的日子正式通车的这一段,其实只是青藏的一个部分——格尔木至拉萨段;这条铁路的另一部分——西宁至格尔木段,早在20世纪70年代就已经完成了。今天,铁路既然已经出现在世界上任何一个地方,它在青藏高原的出现也是一种必然。更何况,当人们从任何一个方向进入拉萨,都会发现这座城市已经是如此的现代化。这一次,当我们一行从西宁出发,一路穿越了宽阔的柴达木盆地,穿过了昆仑山和唐古拉山之间那片更加空阔的高地,便发现这座城市夜晚的灯火是如此光怪陆离,你就是驾乘着一只银色的飞碟降落在布达拉宫前的广场上,好像也是一件顺理成章的事情。这座城市本身的繁华相对于辐辏于四周的荒凉原野,已经显得有些突兀了,还有什么能为这份突兀增加一些戏剧性的因素呢?

真正要发现这条铁路的意义,还得着眼于铁路蜿蜒而过的荒原。

而且,正像前面已经说到的,青藏铁路的西宁至格尔木段早就现身于荒原,并在荒原中运行好多好多年了。一切曾经预期的变化和一切未曾预期的结果早已经在铁路的起点与终点,在铁路漫长的沿线清晰地呈现。要想讨论青藏铁路新的一段那些预期中的变化与未曾预期的可能,只要略微考察一下早已通车的这一部分,这个巨大的话题所包含的部分就已经了然。

《南方周末》对我们此行的设计,我想正是包含了这样一种认识吧。我很高兴我们是从西宁而不是从格尔木踏上了这次青藏线的考察之旅。

我在出发的头一天下午才到达西宁。第一件事是和组织者接上头,正式加入这支临时的队伍,并对他们的意图有所了解。第二件事情,就是寻找书店,搜罗一些与青藏线相关的资料,但是,很遗憾,没有找到。书店里热卖的书籍如果与本地相关,也大多是这些年来在读书界都很流行的外国人所写的有关外界如何"发现西藏"的图书,而且这些书里的都是一百年前的"发现"。而我所期待的,是本乡本土的"自我描述",我特别期待的,是本土的族群如何感受这条铁路。但很遗憾,没有什么使人感兴趣的发现。于是,想起在当地出版机构工作的朋友,希望从他那里获得一些资料。此行本没有打算叨扰。从酒店查到他所工作机构的号码,打过去,铃音兀自一遍遍震响,就想起一幢楼人去后空空荡荡的样子。明天就是五一长假,这个时候还期望有人坐在办公室里显然是一种不切实际的幻想。

照理说,一方乡土,一种文化,在这个除旧布新运动进行得如此剧烈的时候,总会在来自外部世界的一系列"发现"之后,无论是出于跟上时代前进步伐的迫切愿望,还是仅仅出于留恋旧时岁月的怅惘情怀;无论是因为发展的需求,还是出于更深刻的文化的自觉,都该出现出于本乡本土的"自我描述"。每到一地,我都渴望和这样的"自我描述"者在书本上倾心交谈。在关于青藏铁路的谈论中,"人流""物流"和"信息流"这样一些字眼很顺溜地出现在一些偏僻地区的官员的口中,仿佛铁路一通,这些"流"就来了,这些"流"一来,一切就水到渠成,就改地换天了(我在网上一个新华社记者的采访稿中看到新铁路经过的某县官员大谈铁路通车后将如何把这"三流"引到此地,然后此地将因此获得怎样的机遇,云云。但几天后,我们长途驱车到达这个县城,遇到的一件困难事情是找不到一个可以下脚的公共厕所,而且公共厕所周围 100 平方米就根本无从下脚)。事情是不是如此呢?只要大致考察一下铁路已经运转了许多年头的那些地方就清楚了。官员美好想象中的那一切的"流"并未在铁路已经经过的那些城市自然呈现,最后化为一切"流"都要转化而成的"现金流"都要流向国库和老百姓的腰包。在我的经验中,即便就藏区而言,今天经济文化各方面发展较好,社会也较为安定繁荣的地区反而恰好都不在铁路线上,而且将来很长时间里可能也不会有铁路经过。

而那些知识阶层更为关心的环境保护的问题,文化多样性如何保持的问题,青藏线已经通车这么多年的这些地区也是一个很好的研究观察对象。就说说我在这次旅行中努力想在当地寻找一点"自我描述"文字的经过吧。离开西宁后,我们在青海湖畔的旅游酒店里住了一个晚上。酒店在小镇上,我没有期望有什么发现,但还是在小镇上遛了一圈,果然未有任何发现。想到明天到格尔木什么都会出现,心里就有些释然了。

在格尔木的两天时间里,我没有具体的采访任务,给自己定下的任务就是寻找书店。这一天是 5 月 2 日,我在这天的日记里写道:"上午逛书店,一间在购物中心里,一间是席殊连锁。没有看到一本有关本地文化与历史的书,甚至是一本地图或旅游指南。这在中国土地上和外国土地上的购书经历中,是唯一的经验。也是可怕的经验。"那间席殊书屋是出租车拉着我找新华书店时发现的,就开在新华书店旁边,但新华书店在这个假日里没有开门。于是,就进了旁边那间也就三四平方米的席殊书屋,书屋摆的都是内地的流行书。下午再去新华书店,还是没开。第二天上午又去,还是没开。最后还是陈一鸣从当地一个记者那里弄到了一本本市新编的志书。看了一天和三个晚上,看到些什么呢?知道的,过去就大略知道,比如柴达木盆地中,过去一千多年来,藏人、蒙古人和哈萨克人以及更遥远的土著居民此消彼长,相互纠结的漫长历史。但一转入关于这个市的当代描述,他们的身影如果不是消失,也是相当模糊不清了。好像历史已经作出了判决,他们的存在就是过去时代的传奇,在现代化建设过程中,这人群将像传说一样日渐远去。甚至在志书通常要包含的文化卷中,这些民族再次显身时,也是以民间文学的方式存在,而在当地的文学原创中,只有屯垦者高昂悲壮的声音。我看完这本书,想了很多,摘录下来的只有一首不完全的蒙古族的《打酥油歌》。

我想说的是，很多我们当成假设在讨论的问题，其实早已发生过了。那些期许未必达到，有些结果可能出乎我们的预料。一切，在青藏线的前一段已经有过预演，这些预演本身就是深切的启示。而在我看来，这些情况的出现，并不是一条铁路或者一种更现代化更强有力的事物运行的必然结果，真正的问题当然也不是需要那么多人空泛的讨论，而是这样一条能量巨大的铁路运行起来以后，所有已经置身其中的人——从决策者到实施者和所有将因为这条铁路运行起来以后必然关涉与冲击到的人群如何行动的问题。

如果说，这条铁路的建成，对建设者是一个胜利，而对这条铁路经过的高原，对这条铁路所冲击的古老文化，对当地政府与老百姓，这到底是一个天降的福音，还是一个巨大的考验，全赖于面临这样一个新机遇的人们有没有准备好去迎接挑战。新的机遇当然会提供发展的机会，新的机遇也带着强大的达尔文式进化力量中无情的优胜劣汰的机制，关涉到普通民众赖以生存的生产方式，关涉到政府的管理能力。在更长的时间尺度上，更对当地文化的自我发展与更新能力是一个巨大的考验。所以，我在欣喜于这片土地上的巨变的同时也怀着深重的忧虑。

火车穿越的身与心

——青藏笔记二

变化,生活在这个时代的人,是多么热爱这个字眼,而又深受着它的驱迫啊!半个多世纪以来,变化这个词,对青藏高原上的世代居民来讲,最最直观的表现,就是一个又一个新事物的出现。

离开格尔木,从海拔 4100 多米的玉珠峰车站开始,我们一路都在用汽车追赶试运行的火车。摄影师是为了留下可以见诸媒体的精彩照片,就我自己而言,则是借此反复感受青藏高原上从未有过的机械与钢铁巨大力量的冲击。这样的冲击中有一种超现实的美感。

车到沱沱河,年轻的司机有了高原反应。我非常高兴顶替上去,驾驶着丰田吉普在高旷的青藏路上奔驰。一次次,载着自己和同行的记者们冲到火车前方,等待火车蜿蜒着驶近,感受火车从面前不远处轰隆着经过时,脚下的地面传导到心中的轻轻震颤,再目送它从某个山口处消失。

然后,一踩油门,开始新一轮的追赶。这样直到海拔高度达到 5000 米以上的唐古拉山。

当我看到铁路在高原灿烂的阳光下强劲地延伸,火车在亮闪闪的两股铁轨上呼啸而至时,内心的感觉远非兴奋这样的字眼可以形容。20 世纪 80 年代刚刚走上工作岗位时,去一个地方,在今天也就百来公里一段公路,最多两个小时就可以抵达。但在那个时候,公路正在修筑,一行人只能牵着马,驮着行李与一些书籍,翻越两座雪山,徒步行走一共三天时间。一年以后,我坐着汽车离开了那个地方。再后来,我坐着火车、轮船、飞机去过了很多地方。记得在科罗拉多州的某个地方,在美国的高原上,有一天开着汽车在高速公路上驱驰,公路两边的金黄秋草中不断有马匹出现,草原尽头是裸露着岩石筋骨的落基山脉,这景色自然就触发了一个旅人的思乡病,让我想起了景色相仿的青藏高原。在那片高原上,编了号的公路不断与别的编了号的公路相遇。有一次,在公路与铁路交叉处,我们停下车来,看长长的铁路线上,长长的一列火车在草原和积雪的山脉之间蜿蜒而过。那时,我就想,要是也有这样一条铁路穿过青藏高原,会是一种什么样的景象。当即,我就要求朋友帮忙退掉机票,要坐这条线上的火车,穿过落基山脉,直到美国的西部海岸。

这是一种情感的代入法,这样,几乎就有了在青藏高原上乘坐火车的感觉。没有想到的是,才过了几年,就在青藏高原真切地看到火车奔跑了。

就在上路开始此次青藏之行前,我在正在写作的长篇小说中,正好写到一种新型的交通工具马车在一个藏族村庄的出现:

此前村子里有马,也有马上英雄的传奇,但是没有车,没有马车。其实,那里只是个村子,方圆好几百里,上下两三千年,这个广大的地区都没有这个东西。

但是,有一天,突然就有马车出现了。

我怀着欣喜的心情,用天真的笔调在小说中描述这些新事物的出现。而且,也正是在文字展开的时候,的确真切地体味到这个东西和别的东西——比如一座小水电站一出现,生活就不再是原来的样子了——"一双从来没有写下过一个字母的手合上了电闸,并把整个村庄的黑夜点亮时,大家都有一种如在梦境的感觉。可这真是有史以来,从未有过的光亮。"

这种光亮出现了,世界的面貌与人的内心都因此发生了深刻的变化。是的,变化,生活在这个时代的人,是多么热爱这个字眼,而又深受着它的驱迫啊!半个多世纪以来,变化这个词,对青藏高原上的世代居民来讲,最直观的表现,就是一个又一个新事物的出现。

在我的小说中,那个古老村庄每出现一个新事物,都带来了一些心灵上的冲击。当新事物带来变化的时候,却带来不同的结果。好的结果或坏的结果。结果的好坏,并不是事先的预设,而视乎人们做了怎样的准备。

不同的交通工具带来不同的速度,不同的速度带来完全不同的时间感与空间感。从唐古拉山下来,离开藏北重镇那曲,我们暂时离开了铁路线,去到纳木措。坐在湖边,听水波拍击湖岸,非常有重量的火车所带来的速度感与因此而起的兴奋感就消失了。望着湛蓝的湖水,湖对岸念青唐古拉山那些亘古如此的雪峰就度到心中来了。晚上宿在帐篷中,听风声呼呼地从半空中掠过,恍然看见传说中的巨灵披着宽大的黑色大氅在星空下飞翔。于是,身心又重新沉浸在古老的西藏了。

醒来之后,似梦非梦的感觉消失了。穿上衣服来到曙色一点点降临的湖边,白天那些喧哗的游人消失了,湖岸深处,那些深浅不一的岩洞有修行者的灯火在闪烁,身体处于这亘古的寂静之中,脑子里却轰轰然有火车隆隆地奔驰。几天来高度的兴奋过后,这时,身体的内部突然有一种撕裂感。这在我,是一种熟悉的感觉。从理性上讲,我们应该为每一件新事物的出现而欢呼,而深受鼓舞。与此同时,在身体的深处,血液中有种古老的东西会起作用,会拉响警报,提醒我们出现了某种危机。这种感觉的出现是因为一些具体事情吗？是的，就在短短的半天时间里，就在纳木措，看到的种种情形，有理由让我们感到处理不好，好的变化也可能带来灾难性的后果。关于这一切，大家都说得够多了。我真正想说的是，对本人这样的青藏高原的土著来说，选择的理性与本能的感性不需要理由也会在身体中冲突起来，让人体会到一种清晰的撕裂的隐痛。因为血液深处，会对即将消失的东西有一种深深的眷恋。整个青藏高原已经不可逆转地与现代文明遭逢到一起，而在身体内部，那些遗世独立的古老文化的基因总要顽强地显示自己的存在。

　　天一亮，当我们重新来到了路上，心中那些模糊不清的情绪就消失了。直到某一天面对某一种情形，置身于某一种特别的情境中间，这种情绪或者又会重新涌上心头。果然，当我们离开纳木措，回到青藏线上，一路往南，看到铁路在渐深渐低的峡谷中穿过一个个正在播种的村庄，直到拉萨在望，心情又像汽车得到越来越多氧气的引擎，欢快而高亢了。

政经之外的文化

——青藏笔记三

　　文化当然是政治,文化当然也是经济,但文化在最终的意义上还是文化自己。

　　这些日子,人类学家列维-斯特劳斯的一句话老是在脑子里萦绕。这句话是这么说的:"文化演进和集体进化是连带的。"

　　为什么老想起这句话?直接的原因就是短短两月间,先走了一趟青藏线,接着又游历了云南红河流域与哀牢山中好几个县,然后,又回川西北老家,从大渡河谷地到黄河边上的若尔盖草原。在这个过程中,看到各种媒体上关于文化的讨论铺天盖地,地方政府官员在畅谈当地拥有多么独特的文化资源,而且,名牌大学里的教授与博士们也出动了,他们出现在那些宁静僻远的地方。干什么去了?田野调查吗?不,知识经济的时代了,有偿帮助当地政府制订开发文化资源,投资文化产业的各种商业规划。

　　文化,地域的文化,民族的文化,茶的文化,酒的文化,产业的文化。吃不一样的东西,是食文化。靠四只橡胶轮胎走路还是四只马蹄走路,那也是一种在不同地理显示移动方式差异的文化。在所有的语境里,文化就是固化了的差异的同义词。

　　在这个有强迫征候的语境里,文化成为了显学,成为官场政治学和旅游经济学。

　　我并不反对人们这样做,在我看来,这就是文化在当代社会的命运的一个部分。但我当然可以问:这就是文化的全部?好像没有人思考这样的问题。

　　在我个人的理解中,文化更多的时候是处于一种隐约的状态,文化的感觉是在若有若无之间。文化是一种内在的力量,那些外化的部分只是那些内部力量的一种自然的外溢。但现在这些文化的焦点,好像都过于集中于那些外化的部分上。那些孤独的牧人在寂寥的草原上歌唱的时候,那些村寨里的农人在火塘中火苗与酒的鼓动下,开始舞蹈的时候,都是跟生活与情感相关的。那些吟唱与舞蹈,不过是深藏的情感像潜伏地底的矿脉在某个断层稍稍露一下头,又回到沉静幽暗的深处去了。多年来,我一直小心翼翼,不去碰触那些东西。虽然如此,我在诗句中这样描绘过它们:"更多的时候,矿脉是盐／在岩石中坚硬／在水中柔软／是欢乐者的光芒,是忧伤者的梦幻。"

　　但现在,人们只是集中在那些矿脉露头的地方,采集与开发。

　　在那些物质性的矿藏采掘者那里,早已频频传来一个个不幸的消息。虽然矿藏的种类不同,但消息都有同一个名字:资源枯竭。

　　文化呢?文化的资源呢? 本来,这无形的东西是可以源源不绝的。可以发现,可以研究,当然也可以整理与观赏。但必须满足两个先决的条件:不破坏产生这种文化的自然与人文生态;在整理与观赏,特别是为了观赏而做的整理(提炼?)之前,要对这个文化的原生状态有充分的研究与尊重,并且不因整理之故而使原生状态受到损害。但情况往往不如我们期望的那样,市场经济体制激励的往往是不计后果的实施者,而且总是有能力让清醒的人们边缘化,让理性的看法沦为空谈。

现在,我也在这里空谈文化。其实,我早已失去了谈论文化的信心。所以写下这些文字,也是因为走了一趟青藏线,不能免费旅游,才来写下这些文字。

那么,就从这里导入正题吧。让这个话题与青藏铁路相关,也就是已经谈论很多的青藏铁路开通以后,对西藏文化(藏族文化)的影响问题。我想,讨论西藏问题并不需要另外一套逻辑与语法。即使没有这条铁路,西藏文化也早就面临了机遇与风险。

机遇是什么呢?机遇是发展。

风险则有两点。

一个是被固化。固化的形象就是色彩强烈的宗教建筑,是艳丽繁复的节日盛装,是蓝天白云下的歌唱,是草地上豪放欢畅的圈舞、苦修者隐居的岩洞四处经幡飞扬。西藏自身在好几百年的时间里,一直顽固地想以这种固化的形态存在于雪域高原,在旧时代的高僧们的吟咏中,参差高耸的雪峰常常被形容为栅栏。雪山在阻止了外界进入的同时,也阻断了自己的眼界。在阅读19世纪的西藏史时,我们已经看到了那么多拒绝进入的故事,我想,这仅仅是对外国人,没有想到,甚至在西藏地方政府有效控制地区之外的藏族人进入拉萨,也会面临相当的困难。那个出生于青海的奇僧更敦群培步行沿着与今天的青藏线大致相同的路线进入拉萨,去著名的寺院研修佛学,就遇到了这样的状况。他写道:"这里(那曲)是西藏的边境,我们在此待了将近一个月,等待西藏政府批准我们继续赶路。"但这种固守早已成为历史了。现在固化的呼声反而来自外部,这是个一旦展开就无法收拢的复杂话题,打住吧。

风险之二,来自发展。这篇短文冗长的开场白说的就是这个问题。文化从来就不是一个固定的形态,发展是一种必然,开发也是一种必然。如果这个问题在西藏有一点特殊性,就是这个文化对发展与变化的内在驱动不如其他地区来得主动与强烈。当一种文化的变化主因不是产生于内在的愿望,而更多依赖于(受制于)大势的驱迫,这个文化本身就面临了非常大的风险。

文章开始的时候,我只是把列维-斯特劳斯关于文化的话引用了半句,现在应该是将其补充完整的时候了。他说:"文化演进和集体进化是连带的。"他还说:"回到过去是不可能的。"

在绝大多数的讨论中,在正在施行的各种"文化工程"中,文化是固化的,而非"演进"的,同时,文化也被从母体中抽离出来,失去了与"集体进化"的"连带"性。所以,我们四处保护文化的时候,民族文化的神经与血脉却日渐麻木与萎缩。那么,在"后发"也成为一种优势的今天,很多文化保护与开发中已经发生过的窘况,西藏因为其后发,那些遗憾或者可以幸免!

文化当然是政治,文化当然也是经济,但文化在最终的意义上还是文化自己。

远望玉树

我以为,小说家也是一种艺人。大多数时候,他们需要世界宽广,他们需要独自流浪,去寻找自己的调子与歌唱,而不是急于去向很多的人传授或宣扬。

不止一次差一点就到达了玉树。

在为了写小说《格萨尔王》做准备的那两三年里,在康巴大地上四处行走的时候,好几次,从四川境内的德格县、石渠县,登上那些区隔开一片片草原的列列山脉的高处时,陪同的朋友指着西北方或西方,说那边就是青海,是玉树。在长达两三年的漫长寻找中,好多次,其实已经进入了玉树州的地界。为了寻访一个传说中曾经的古战场,一个古老史诗中关涉到的某处地理,某个英雄人物曾经驻留之地,或者,为了拜访一个在当地有名气的史诗说唱艺人。

前面所说,差一点就到了玉树,其实是说好多次差一点就到了玉树州府,如今被地震变成了一片废墟的结古镇。记得某个夜晚,有好大的月亮,可能在几十公里开外吧,我们乘夜赶路,从一个山口,在青藏,这通常就意味着公路所到的最高处,遥遥看见远处的谷地中,一个巨大的发光体,穹窿形的光往天空弥散,依我的经验,知道那是一座城,有很多的灯光。我被告知,那就是玉树州府结古镇了。但我终究没有到达那个地方。在青藏高原上,一座城镇,就意味着一张软和干净的床,热水澡,可口的热饭菜，但对一个写作者，好多时候，这样的城镇恰恰是要时常规避的。因为这样的地方常常会有与正在进行的工作无关的应酬，要进入另外与正在进行的工作相抵牾的话语系统。对我来讲，这样的旅行，是深入民间，领受民间的教益，接受口传文学丰富的滋养。但那时就想，终有一天，结束了手里的工作，我会到达她，进入她。

记得是前年的夏天，随格萨尔研究专家降边嘉措老师和诺布旺丹博士在甘孜州色达县做田野调查，出县城百来公里，到四川和青海边界去访问一个说唱格萨尔史诗的僧人。在寺院下方的河边，巧遇色达当地的格萨尔专家益邛老师。他刚好去结古镇参加一个格萨尔学术讨论会回来。正是从他那里，我知道结古镇上有一个以格萨尔命名的广场，于是，这个我没有到过的地方却给了我某些想象。

写作的时候，我让自己小说中的说唱艺人流浪到了那个地方。小说的主人公就在那个广场上与要向他学习民间史诗演唱的流行歌手分手。我以为，小说家也是一种艺人。大多数时候，他们需要世界宽广，他们需要独自流浪，去寻找自己的调子与歌唱，而不是急于去向很多的人传授或宣扬。我就这样未曾到达而把笔触伸到了一个地方，我至少已经用这种方式去过玉树，去过结古镇了。

如今，玉树地震了。

我从电视画面上看到了那个受到破坏的广场，格萨尔塑像作为背景时时出现，与我在康巴大地上的别的地方看到的一模一样。前景是架设着大口的行军锅，为灾民提供免费的餐食。在那里，当然看到了凡有灾难时必会出现的共和国军人的身影，更看到了同样蒙受了灾难和我同族的僧人，和我同族的妇女作为志愿者，和军人们在一起，尽着自己的心力，让人心生温暖。这个画面告诉我们很多，人类共同的基本情感，不同的族群同心协力的可能。尤其是在今天,不同族群不同文化之间的差异与冲突总是被放大,被高度地意识形态化,而不同的人群之间,可以交流与相通的那些部分总是被忽略,不被言说与呈现。在这样的情形下,这样的画面尤其具有启示性的意义。这样的画面有理由让我们热泪盈眶,而不只是死亡与灾难。

还曾有过其他机会去玉树,也都错失了。

也曾经在青藏线上走动。从格尔木出发,一路南向,在可可西里,大路去往拉萨。面前也出现了岔路,转而东向,可以去往玉树,但都往拉萨,往西藏而去了。

后来,《格萨尔王》出版了。蒙社科院专业机构"全国格办"帮助,从青海请了四位格萨尔艺人到北京,让人们真实感受一下格萨尔艺人原版的演唱。得知地震发生的那天晚上,马上想到了其中一位艺人来自玉树,达哇扎巴。一个地方,那么众多的人的不幸遭遇固然使人忧心与痛惜,但如果那个地方有一个人,是曾经帮助过你的人,曾经给过你某种助益的人,那就真是一份具体的牵挂了。我打电话给全国格办的诺布旺丹博士,询问达哇扎巴的情况,旺丹告诉我,已经跟他联系上了,平安,而且,已经救人去了。我笑了,达哇扎巴敦实健康的样子真切地浮现在眼前。这个敦厚健壮的康巴汉子,愿佛祖保佑他,让他的双手握住另外的双手,使他们脱离绝境,让他们的生命在这也艰难也幸福的人世做更长久的驻留!

今天正准备去西安,成都军区总医院的顾建文副院长来了电话,告诉我,他们医院接收了四十多位来自震区的重伤员,大多是藏族。他亲自为一个小孩施行了开颅手术(他是有名的脑外科专家),他说,有好多感人的事情,我肯定会想去看看。这时,正在从机场往西安的路上。在候机厅,就从电视新闻里看到了他们医院抢救重伤员的画面,而且似乎就是他参加的那台手术,但因为全副的外科手术时的穿着,医生们看上去都一样,我没有认出这位朋友来。这样的事情与这样的朋友同样让人感到自豪与温暖。

地震刚刚发生时，有一位显然是藏族同胞的网友在我的博文后留言："都是藏族，希望一起关注一下玉树地震。"非常感谢这个提醒。是的，"都是藏族"，但又不止于这个理由。关注，理所当然，捐款捐物，理所当然，想必各单位各组织都已相继展开了。有钱出钱，有力出力，理所当然。如果没有汶川地震的经验，可能马上就开车去那里了。但我知道，我们这些不够专业的人在那样一个物资供给和交通资源势必会很紧张的地方很可能贡献小于造成的负担。甚至也想自己出头搞个什么项目，可汶川地震时想参与灾区乡村学校重建活动而不成，辜负了信任我的许多朋友的爱心与希望，一直心怀歉疚，再也不敢凭热情自作主张了。

我更想说的是，已经错过震前的玉树了，什么时候一定要到玉树看看了。去看看未曾到达而在书里写到过的那个格萨尔广场，去看看那个敦厚的说唱艺人达哇扎巴，想必他的家也已被大自然的巨大力量无情毁坏，看看在自己有限的能力范围内，怎么样可以帮帮他。现在，我只能从遥远的地方祝福他。我想，这个时间不会太久，等灾劫造成的繁忙与纷乱稍有平复，我一定要去看看结古，更要去看望达哇扎巴。

玉树，这个我曾多次抵达她边缘而未及深入的地方，我会以更急切的心情期待着，在未来的日子里，以一个弄文为生的人自己的方式最大限度地去接近她。

写完这些文字，已经是新的一天的凌晨了，睡不着，在网上百度一下，真还搜到神授艺人达哇扎巴的一则材料。

来自青海玉树地区的达哇扎巴是青海享受国家津贴的两位优秀艺人之一，被称为"说不完的艺人"。他可以说是新一代"神授艺人"中的佼佼者。据说扎巴13岁时做了一个梦，梦中一位老僧人问他，在三样东西中他要什么，一是学会飞禽的语言,一种是走兽的语言,第三种是会说唱《格萨尔》的故事。他选择了会说《格萨尔》,从此便成为了一个说唱艺人。他说自己可以说唱115部,目前完成录音27部,记录整理了17部,出版了3部。

成功,在高旷荒原上突然闯入的词

今天,社会对成功者的所谓关注,过于注重于对成功本身,而不太关注走向成功的途径,这其实才是一个全社会应该给予更多关注的问题,因为成功的方法与途径包含了更多的道德与伦理因素。

知道四川省青联正在编辑这样一本书的时候,我正在海拔5000多米的唐古拉山上。

5月,内地已是春暖花开,而那里劲吹的暴风中却裹挟着纷飞的雪片。我作为南方某著名媒体的采访嘉宾正同几个年轻的记者在青藏铁路沿线采访,正在铁路线遒劲穿越的昆仑山和唐古拉山之间那片高旷的荒原。年轻的司机因为缺氧倒下了,我临时兼任了我们这辆车的司机,载着我们年轻的摄影师,不断地追逐行驶的火车,为了让他拍到一些火车在雪山下、在旷野中奔驰的美丽镜头。我们不断狂奔,超过火车,跑到前面某个预计可以拍到精彩画面的地方,静静地等待火车在旷野上,在深远明净的高原天空上蜿蜒而来,我坐在驾驶座上,感到发动中的汽车引擎轻轻的震颤,听车外的快门声和同行记者们兴奋的叫声响成一片。等到火车在视线尽头顺着山势转出一个优美的弧线,消失在蓝天下面,大家又跳上车来,我一轰油门,开始下一轮有些疯狂的追逐。这一天,手机间或在冲锋衣口袋中轻轻颤动,提示它的主人来了电话或短信,我都没有去理会。直到下午,太阳西沉,我们的追逐之旅也到了最后一站,长江源沱沱河上那数公里长的铁路桥上。所有人手中的"长枪短炮"(指摄影工具)都准备好了。桥上的天空,淡淡的云彩正在幻化成绯红的霞光,桥下那漫长曲折的河流闪烁着金属般的光芒,仿佛那不是水流,而是一种超现实的意念,映射着非物质的辉光。

　　大家都坐在高高河岸上等待这一天的最后一组镜头。我也从车上走下来,备好了相机,坐在河岸边稀疏的草地上。天地间一片安详,好像火车这样的事物在这个世界上从来就不会存在一样。我从口袋里掏出手机,检索一个个未接电话和未曾阅读的短信。而省青联秘书处的一条短信就在其间,意思是说,他们正在编辑一本书,把曾经当选过省"十杰"青年的人以这样一种形式重新聚集在一起,需要每个入选者谈谈感想,来"感悟成功"。

　　我必须说,在这样一个高度上,在这样一个四顾皆一片空茫之处,"成功"这样一个词从手机屏幕上跳进脑海里,真的容易引起一种虚无之感。

　　我不知道是不是因为自己身处在西部中国这样荒僻而遥远的地方,就觉得曾经的那些事情一下子离自己非常遥远了。是的,领奖台上摇曳变幻的聚光灯,那些掌声,那些短暂的激情迸发,在这一刻都非常非常的遥远了。于我而言,不知此时的空旷与彼时的喧哗哪一个对自己的生命来讲更为真实。这段时间,每天掏出卫星定位仪来,都看到所处的海拔在节节升高。从格尔木出发踏上青藏线的前一天下午,特意去看了昆仑山下的第一个车站玉珠峰车站,那里的标高是4100米,现在,我们节节上升,已经在4700米的高度上了。明天,我们还将上到海拔5200米以上的高度。那么,当年的奖杯、鲜花和掌声,也就是一个人一生中,曾经经过的一个海拔高度吧。一个人的年轻时代,正是生命急速上升的时期。

如果说，我个人有什么幸运之处，就是恰好自己生命的青年时代也是我们这个重新焕发了活力的国家经历巨大变革与快速发展的20世纪的80年代与90年代。是的，不是每一个人的青春歌唱都能融入一个伟大时代的合唱；不是每一个人的青春激情，都能在一个时代的脉搏中起舞跳荡！青联的短信通知里说，那是一种成功，要我今天来感悟这成功。但这时，我的耳边却响起一位欧洲古代哲人的诗句：

名声看起来是多么美好，
但这动听迷人的声音，不过是一曲回声。

这样的诗句里有一点悲观，有一点虚无。但我想，当我们谈论成功的时候，这样一种态度可能比一味的沉湎更有意义。这样的看法与态度，可能会使我们面对所谓成功的时候，更加冷静与理智。在我个人的经验里，对所谓成功的过度追求与沉湎，往往可能使我们过于高估个人的能力，并进而陷入自恋的迷狂。对一个理性的人来说，成功也是一个时代赐予的机遇，机遇总是暂时性的，所以，所谓成功，不过是重新出发的时候的一个新的起点，一个在同一行业领域中稍稍早于别人或略略高于别人的一个起点。成功不是登山，登上了珠穆朗玛峰，这个世界便不再有更高的山峰。更何况，也永远不会有一个登顶者，长待在那个最高处不下到世界的低处。他必须下来，这个必须是自然规律，是天道对人的一种制约。这种制约让人自省，让人感到自身的力量的同时，也感到自身的局限。自然和历史的规律不会让一个幸运的登顶者在世界的绝顶处永远沉醉于成功的眩晕！

几天后，我到了云南。我们正沿着一条叫做红河的大河的流向一路向南。这是另一片高原，但海拔高度降低了，也就是1000多米。同行的人换了一批，其中一些人也有轻微的高原反应，因为氧气减少了。我也在反应，氧气对我来说太多了，叫人总在车上昏昏欲睡。就在这个时候,青联再次打来电话,催问稿子的事情,而写这样的稿子,就必然要去回味当年的鲜花与掌声,而相对于青藏高原已经太多的氧气却让我提不起精神。我想,这正好是一种命运之神赐予的特别的隐喻。这个隐喻的本义,正是法国哲人蒙田一篇文章的题目:《命运的安排往往与理性不谋而合》。

成功者可能走向新的成功,成功者也可能在辉煌一刻后,走入永远的平凡。这里,就有了两种危险。一种,成功者头上套着一个光环,开始远离自己的事业,在我们社会这个过于注重成功者的机制中,谋取更多的功名;一种,把短暂的成功当成永远的幻觉,犹如一个在过多的氧气中昏昏沉睡的人。其实,不同高度上氧气的含量早由自然规律进行了规定,因为缺氧而眩晕,因为氧气过多而昏睡,都是人自身的不适应。自然界就用这样的方法警醒人类,通过适应程度进行优胜劣汰,而在人生的道路上,社会的机制也是一个永恒的法则,它制造成功,也制造失败。在用成功制造成功的同时,也用成功制造出更多的失败。所以,我想,感悟成功,就是感悟成功之后命运各种可能的走向。而曾经的成功者之后的种种走向,也正是给后来者一个全面的启示。

今天,社会对成功者的所谓关注,过于注重于对成功本身,而不太关注走向成功的途径,这其实才是一个全社会应该给予更多关注的问题,因为成功的方法与途径包含了更多的道德与伦理因素。相对于短暂的成功,持久的道德与伦理无论对一个个体的人,还是对一个民族与国家,都是更为关键而持久的精神与文化的核心。又想起一个也是旅途中的小故事。今年4月,因为一本新书译本的出版,在瑞士与德国待了一些时候。在苏黎世,我想去积雪尚未消融的阿尔卑斯山里看看。我的小说的德文翻译阿丽丝坚持要让我带一些巧克力进山,理由有两个,一个当然是巧克力的高热量,另一个,因为"我们瑞士的巧克力是欧洲最好的巧克力,一定要品尝品尝"。一个东西既然是一个地区的标志性产品,免不了四处都开着专对外国游客的专门商店。但阿丽丝只是一个劲地往前走,我想,我们是在经过了十多家巧克力店以后,才进了一家大的百货公司,在自动电梯上连上数层才来到几架巧克力面前。还是路边店里那些牌子,价格也未见得便宜。但很显然的是,她感到非常满意了。在楼下喝咖啡的时候,我问她为什么要跑这么远来买同样的东西。她脸上现出了一本正经的表情,说:"因为这是一家有道德的商店。"不是因为这家的巧克力更好,而的确因为这是一家有道德的商店,所以,当地人对这家店表示支持就是尽量到这里来消费。我没有问有道德的表现是哪些,但我知道,他们选择消费的地方包含了道德的衡量。这个问题,比后来置身阿尔卑斯那些纯净的雪峰中间时引起了我更多的感触与思量。

大地的语言

　　人类操着不同的语言,而全世界的土地都使用同一种语言。一种只要愿意倾听,就能懂得的语言——质朴、诚恳,比所有人类曾经创造的,将来还要创造的都要持久绵远。

一

　　朋友来电话,招呼去河南。从来没有去过河南,从机场出来,上高速,遥遥地看见体量庞大的郑州市出现在眼前。
　　说城市体量庞大,不只是说出现在视线中那些耸立的高大建筑,而是说一种感觉:那隐没在天际线下的城市更宽大的部分,会弥散一种特别的光芒,让你感觉到它在那里。声音、尘土、灯光,混同、上升、弥散,成为另一种光,笼罩于城市上方。这种光,睁开眼睛能看见,闭上眼睛也能看见。这种光吸引人眺望,靠近,进入,迷失。但我们还是一次次刚刚离开一座城市就进入另一座城市。重复的其实都是同一种体验:在不断兴奋的过程中渐渐感到怅然若失。我们说去过一个省,往往就是说去省会城市。所以,此行的目的地我也以为就是眼前已经若隐若现的这座城市。汽车拐上了另一条高速路,这时才知道此行的目的地,是下面的周口市,以及再下面的淮阳县。

还在车上，热情的主人已经开始提供信息，我知道了将要去的是一个古迹众多的地方。这些古迹可不是一般的古迹，都关乎中华文明在黄河在这片平原萌发的最初起源。这让我有些心情复杂。当"河图"、"洛书"这种解析世界构成与演化的学问出现在中原大地时，我的祖先尚未在人类文明史上闪现隐约的身影。所以，当我行走在这片文明堆积层层叠叠的大地之上时，一面深感自己精神来源短暂而单一，一面也深感太厚的文明堆积有时不免过于沉重。而且，所见如果不符于想象时，容易发出"礼崩乐坏"的感叹。

我愿意学习，但不论中国还是外国，都不大愿意去那种古迹众多的地方。那种地方本是适于思想的，但我反而被一种莫名的能量罩住了，脑袋木然，不能思想。这也是我在自由行走不成问题的年代久久未曾涉足古中州大地的原因吧。

拜血中的因子所赐，我还是一个自然之子，更愿意自己旅行的目的地，是宽广而充满生机的自然景观：土地、群山、大海、高原、岛屿，一群树、一棵草、一簇花。更愿意像一个初民面对自然最原初的启示，领受自然的美感。

在那些古迹众多之地，自然往往已经破碎，总是害怕面对那种一切精华都已耗竭的衰败之感。更害怕大地的精华耗竭的同时，族群的心智也可怕地耗竭了。所以，此行刚刚开始，我已经没有抱什么特别的希望。

二

行车不到十分钟，就在我靠着车窗将要昏昏然睡去时，超乎我对河南想象的景观出现了。

这景观不是热情的主人打算推销给我们这群人的。他们精心准备的是一个古老悠久的文化菜单,而令我兴奋的仅仅是在眼前出现了宽广得似乎漫无边际的田野。

收获了一季小麦的大地上,玉米,无边无际的玉米在大地的宽广中拔节生长。绿油油的叶片在阳光下闪烁,在细雨中吮吸。这些大地在中国肯定是最早被耕种的土地,世界上肯定也少有这种先后被石头工具、青铜工具、铁制工具和今天燃烧着石油的机具都耕作过的土地。人类文明史上,好多闪现过文明耀眼光辉,同时又被人类自身推向一次次浩劫的土地,即便没有变成一片黄沙,也早在过重的负载下苟延残喘。

翻开一部中国史,中原大地兵连祸接,旱涝交替。但我的眼前确实出现了生机勃勃的大地,这片土地还有那么深厚的肥力滋养这么茁壮的庄稼,生长人类的食粮。无边无际的绿色仍然充满生机,庄稼地之间,一排排的树木,标示出了道路、水渠,同时也遮掩了那些素朴的北方村庄。我喜欢这样的景象。这是令人感到安心的景象。

如今是全球化、城市化时代,在我们的国家,数亿农民耕作的田野,吃力地供养着越来越庞大的城市。农业,在经济学家的论述中,是效益最低,在国内生产总值统计中越来越被轻视的一个产业。在那些高端论坛上,在专家们演示的电子图表中,是那根最短的数据柱,是那根爬升最乏力的曲线。问题是,他们当中的任何一个人,又不能直接消费那些爬升最快的曲线。不能早餐吃风险投资,中餐吃对冲基金,晚间配上红酒的大餐不能直接是房地产,尽管厨师也可以把窝头变成蛋糕,并把巧克力蛋糕做成高级住宅区的缩微景观,一叉,一座别墅;一刀,半个水景庭院。那些能将经济高度虚拟化的赚取海量金钱的聪明人,能把人本不需要的东西制造为巨大需求的人,身体最基本的需求依然来自土地,是小麦、玉米、土豆,他们几十年生命循环的基础和一个农民一样,依然是那些来自大地的最基本的元素。他们并没有进化得可以直接进食指数、期货、汇率。但他们好像一心要让人们忘记大地。这个世界一直有一种强大的声音在告诉人们，重要的不是大地，不是大地哺育人类那些根本的东西。

一个叫利奥波德的美国人在半个多世纪前就质疑过这种现象，并认为造成这种现象的原因是几千年的人类历史只发展出"处理人与人之间关系"的伦理观念，一种人与财富关系的伦理观念。并认为这种观念大致构成两种社会模式，一种用"金科玉律使个人与社会取得一致"，一种则"试图使社会组织与个人协调起来"。"但是，迄今为止没有一种处理人与土地，以及人与在土地上生长的动物和植物之间关系的伦理观"。

伦理观是关乎全人类的，不幸的是，我们并不生活在一个一切社会规则以全体人类利益为考量的世界上。现在的价值体系中，世界上所有的一切都只是资源。人是资源，土地也是资源。当土地成为资源，那么，在其上种植庄稼，显然不如在其上加盖工厂和商贸中心。这个体系运行的前提就是，弱小的族群、古老的生活方式需要为之付出巨大的牺牲。

农业需要做出牺牲，土地产出的一切，农民胼手胝足的劳动所生产出的一切，都是廉价的，因为有人说这没有"技术含量"。几千年才培育成今天这个样子的农作物没有技术含量，积累了几千年的耕作技术没有技术含量，因为古人没有为了一个公司的利益去注册专利。玉米、土豆在几百年前从美洲的印第安人那里传入了欧洲与亚洲，但墨西哥的农民还挣扎在贫困线上，他们离乡背井，在大城市的边缘地带建立起全世界最大的贫民窟，只为了从不得温饱的土地上挣脱出来，到城市里去从事最低贱的工作。我曾经在墨西哥那些被干旱折磨的原野上，在一株仙人掌巨大的阴凉下黯然神伤。我想起了《拉丁美洲：被切开的血管》，一本描述拉丁美洲如何被作为一种资源被跨国资本无情掠夺的书。如果书名可以视为一种现实的描述，那么，我眼前这片原野的确已经流尽了鲜血。眼前的地形地貌,让我想起胡安·鲁尔福描写乡村破败的小说《教母坡》中的描述:"我每年都在我那块地上种玉米,收点玉米棒子,还种点儿菜豆。"但是,风止在刮走那些地里的泥土,雨水也正冲刷那些土地里最后一点肥力。

三

今天,在远离它们故乡很远很远的地方,我看见一望无际的玉米亭亭玉立,茎并着茎,根须在地下交错,叶与叶互相摩挲着絮絮私语,它们还化做一道道的绿浪,把风和自己的芬芳推到更远的地方。在一条飞速延展的高速公路两边,我的视野里始终都是这让人心安的景象。

转上另外一条高速路,醒目的路牌标示着一些城市的名字。这些道路经过乡野,但目的是连接那些巨大的城市,或者干脆就是城市插到乡村身上的吸管。资本与技术的循环系统其实片刻不能缺少从古至今那些最基本的物质的支撑。但在这样的原野上,至少在我的感觉中,那些城市显得遥远了。视野掠到身后,以及扑面而来的,依然是农耕的连绵田野。

我呵气成雾,在车窗上描画一个个汉字。

这些象形的汉字在几千年前,就从这块土地上像庄稼一样生长出来。在我脑海中,它们不是今天在电脑字库里的模样,而是它们刚刚诞生出来的时候的模样,刚刚被刻在甲骨之上的模样,刚刚被镌刻到青铜上的模样。

这是一个个生动而又亲切的形象。

土。最初的样子就是一棵苗破土而出,或者一棵树站立在地平线上。

田。不仅仅是生长植物的土壤,还有纵横的阡陌、灌渠、道路。

禾。一棵直立的植株上端以可爱的姿态斜倚着一个结了实的穗子。

车窗模糊了,我继续在心里描摹从这片大地上生长出来的那些字:麦、黍、瓜、麻、菽。

我看见了那些使这些字具有了生动形象的人。从井中汲水的人,操耒犁地的人,以臼舂谷的人。

"爰采麦矣?沫之北矣。"

眼下的大地,麦收季节已经过去了,几百年前来到中国大地上的玉米正在苗壮生长。那些健壮的植株上,顶端的雄蕊披拂着红缨,已然开放,轻风吹来,就摇落了花粉,纷纷扬扬地落入下方那些腋生的雌性花上。那些子房颤动着受孕,暗含着安安静静的喜悦,一天天膨胀,一天天饱满。待秋风起时,就会从田野走进农家小小的仓房。

就因为在让人心生安好的景色中描摹过这些形状美丽的字眼,我得感谢让我得以参加此次旅行的朋友。

就在这样的心情中,我们到达了周口市淮阳县。我是说到达了淮阳县城,因为此前已经穿过了大片属于淮阳的田野。让人心安的田野,庄稼苗壮生长的田野,古老的、经历了七灾八难仍然在默默奉献的田野,还未被加工区、开发区、新城镇分割得七零八落的田野。

四

没想到此地有这么大个还活着的湖。

我说活着的意思,不只是说湖盆里有水,而是说水还没有被污染,还在流动循环。晚上,住在湖边的宾馆里,浏览东道主精心准备的文化旅游菜单,就可以闻到从窗外飘来水和水生植物滋润清新的气息。

有了这份菜单上的一切，淮阳人可以非常自豪，对我而言，不要菜单上这一切的一切，我也可以说我爱淮阳，爱窗外广大的龙湖，爱曾经穿越的广阔田野，爱那些茁壮生长的玉米。想着这些的时候，电视里在播放新闻，是世界性粮食危机的消息。其实，不要这样的消息佐证，我也深爱仍有人在勤勉种植，仍然有肥力滋养出茂盛庄稼的田野。但这样的消息能让人对这样的土地加倍地珍爱。

席上，主人向我们介绍淮阳、太昊、伏羲、神农、八卦、陈、宛丘。虽然在肉体上不是华夏血脉，但在精神上却受此文明深厚的滋养，但我更愿意这种滋养是来自典籍浩然的熏染，而不是在一个具体的地点去凭吊或膜拜。饭后漫步县城，规模气氛都是那种认为农耕已经落后、急切地要追上全球化步伐的模样——被远处的大城市传来的种种信息所强制、所驱迫的模样。这是一个以农耕供养着这个国家，却又被忽视的那些地方的一个缩影。

晚上，在宾馆房间里上网搜寻更多本地资讯。单独的词条都是主人热心推荐过的，就是在本地政府网站上，关于土地与农业的介绍也很简略，篇幅不长可以抄在下面：

> 淮阳县地处黄河冲积扇南缘，属华北平原的一部分……地势由西北向东南倾斜。西北海拔50米，东南海拔40米……全县总土地面积220.18万亩，其中耕地面积177.32万亩，占总土地面积的80.53%，土壤主要有两合土、沙土、淤土三大类。土质大都养分丰富，肥力较高，疏松易耕，适于多种农作物和林木生长。县境内地势基本平坦，但由于受黄河南泛多次沉积的影响，地面呈"大平小不平"状态，造成了许多面积大小不等深度不一的洼坡地，其面积约48万亩，占总耕地面积的27%。这些洼坡地昔日是大

雨大灾，小雨小灾，"雨后一片明，到处是蛙声"，十年九不收。新中国成立后，党和政府带领全县人民对洼坡地连年进行治理，现已是沟渠纵横交错，排水系统健全，历史上的涝灾得到了根治，昔日"十年九不收"的洼坡地已变成"粮山""棉海"。

正是这样的存在让人感到安全。道理很简单，中国的土地不可能满布工厂。中国人自己不再农耕的时候，这个世界不会施舍给十几亿人足够的粮食。中国还有这样的农业大县，我们应该感到心安。国家有理由让这样的地方，这些地方的人民，这些地方的政府官员，为仍然维持和发展了土地的生产力而感到骄傲，为此而自豪，而不因另外一些指标的相对滞后而气短。让这些土地沐浴到更多的政策的阳光，而不是让胼手胝足生产的农民都急于进入城市，不是急于让这些土地被拍卖、被置换、被开发、被污染，并在其耗尽了所有能量时被遗弃。

我相信利奥波德所说的："人们在不拥有一个农场的情况下，会有两种精神上的危险。一个是以为早饭来自杂货铺，另一个是认为热量来自火炉。"其实，就是引用这句话也足以让人气短。我们人口太多，没有什么人拥有宽广的农场，我们也没有那么多森林供应木柴燃起熊熊的火炉。更令人惭愧的是，这声音是一个美国人在半个多世纪前发出来的，而如今我们这个资源贫乏的国家，那么多精英却只热衷传递那个国度华尔街上的声音。

我曾经由一个翻译陪同穿越美国宽广的农耕地带，为的就是看一看那里的农村。从华盛顿特区南下弗吉尼亚，常常看见骑着高头大马的乡下人，伫立在高速公路的护坡顶端，浩荡急促的车流在他们视线里奔忙。他们不会急于想去城里找一份最低贱的工作，他们身后的领地那么深广：森林、牧场、麦田，相互间隔，交相辉映。也许他们会想，这些人匆匆忙忙是要奔向一个什么样的目标呢？他们的安闲是意识到自己拥有这个星球上最宝贵的东西时那种自信的安闲。就在不远处，某一座小丘前就是他们独立的高大房子，旁边是马厩与谷仓。在中西部的密西西比河两岸，那些农场一半的土地在生长小麦与大豆，一半在休息，到长满青草的时候，拖拉机开来翻耕，把这些青草埋入地下，变成有机肥让这片土地保持长久的活力。

就是在那样的地方，突然起意要写一部破碎乡村的编年史《空山》。我就在印第安纳大学旅馆里写下最初那些想法。看到大片休耕的田野，我写道："这是在中国很难看到的情形，中国的大地因为那过重的负载从来不得休息。"

在那里，我把这样的话写给小说里那个故乡村庄："我们租了一辆车，从67号公路再到37号。一路掠过很多绿树环绕的农场。一些土地正在播种，而一些土地轮到休息。休息的土地开出了这年最早的野花。"

从那里，我获得了反观中国乡村的一个视点。

我并不拒绝新的生活提供新的可能。

但我们不得不承认，城市制造出来的产品，或者关于明天，关于如何使当下生活更为成功更为富足的那些新的语汇，总是使我们失去内心的安宁。城市制造出来了一种蔑视农耕与农人的文化。从城市中，我们总会不断听到乡村衰败的消息，但这些消息不会比股指暂时的涨落更让人不安。我们现今的生活已经不再那么简单了，以至于很多的东西不能用一个字来指称，而要组成复杂的词组，词组的最后一个字都是"化"，城市化、工业化、市场化、商品化、全球化。这个世界的商业精英们发明了一套方法，把将要推销的东西复杂化，发明出一套语汇，不是为了充分说明它，而是将其神秘化，以此十倍百倍地抬高身价。

粮食危机出现了，但农业还是被忽视。这个世界的很多地方饿死人了，首先饿死的多半是耕作的农民。比如，我们谈论印度，不外乎说旱灾使多少农民饿死，多少农民离乡背井，大水又淹没了多少田野。对这个疯狂的世界，这是可以忽略不计的大概率事件。媒体与精英们最热衷的话题是这个国家又为欧美市场开发了多少软件，这些软件卖到了怎样的价钱。我不反对谈论软件，但是不是也该想想那些年年都被洪水淹没的农田与村落，谈谈那些天天都在种植粮食却饿死在逃荒路上的人们。或者当洪水漫灌，国家机器开动起来救助一下这些劫难中的供养人时，城里人是不是总要以拯救者的面目像上帝一样在乡村出现。

五

平粮台。

这是淮阳一个了不起的古迹。名副其实，这是一个在平原上用黄土堆积起来的高台，面积一百亩，被认定为中国最古老的城池——宛丘。

> 子之汤兮，宛丘之上兮。
> 洵有情兮，而无望兮。

从那么久远的古代，原始的农耕就奉献出所有精华来营造城市，营造由自己供养、反过来又慑服自己的威权了。这个龙山文化时期就出现的城市雏形如果真的被确认，无疑会在世界城市史上创造很多第一，从而修正世界城市史。几千年过去了，时常溢出河道的黄河水用巨量的泥沙把这片平原层层掩埋。每揭开一层，就是一个朝代。新生与毁灭的故事，陈陈相因，从来不改头换面。但这个高丘还微微隆起在大平原上，它为什么不仍然叫宛丘，不叫神农之都，却叫平粮台？是不是某次黄水袭来的时候，人们曾经在这个高地储存过救命粮食，放置过大水退后使大地重生的宝贵种子？在这个已然荒芜的土台上漫步时,我很高兴这片土地仍然具有生长出茂盛草木的活力。那些草与树仍然能够应时应季开放出花朵。草树之间,还有勤勉的村民开辟出不规则的地块,花生向下,向土里扎下能结出众多子实的枝蔓,芝麻环着节节向上的茎,一圈圈开着洁白的小花。人类不同的历史在大地上形成了不同的文化,但大地的奉献却是一样。我记起在俄罗斯的图拉,由森林环绕的托尔斯泰的庄园中,当大家去文豪故居中参观时,我没有走进那座房子,看干涸的墨水瓶、泛黄变脆的手稿,我走进了旁边的一个果园。树上的苹果已经收获过了,林下的草地还开着一些花。淡蓝的菊苣,粉红的老鹳草,再有就是与中国这个叫平粮台的荒芜小丘上轮生着白色小花一模一样的芝麻。人类操着不同的语言,而全世界的土地都使用同一种语言。一种只要愿意倾听,就能懂得的语言——质朴、诚恳,比所有人类曾经创造的,将来还要创造的都要持久绵远。

非主流的青铜

中国文化太老了,太老的文化往往会失去对自身存在有力而直接的表达能力,所以,居于主流文化中的人走向边地,并被深深打动而流连忘返,自身都未必清楚的原因,一定是在这块土地上,在这些边地的非主流文化中感受到了这种表达的力量。

一

置身在抚仙湖岸上,无论是细雨霏霏光线暧昧的黎明,还是夕阳衔山时湖面显得一派辉煌的黄昏,看到湖水拍岸时,总听到一个声音在天与地这个巨大的空间中鼓荡。

是的,无论晨昏,无论天光晦暗喑哑还是辉煌明亮,在抚仙湖这个特定的空间里,我总在这特别的光色中感到青铜的质地,进而听到青铜的声音。一波波的水浪拍击湖岸,那是有力的手指在叩击青铜,水波互相激荡,仿佛一只巨掌在摩挲青铜。那是谁的手?谁的指与掌?我不想说那是造物主之手,我想说,那手的主人就是时间。在进化论者看来,造物主就是无形时间的一种拟人化的直观显现。

没来由地就想起了戴望舒的诗句:"我用残损手掌/摸索……"

时间与天地共始终,所有时间之手即便都用青铜铸就,穿越了那么漫长的岁月,它的指与掌一定都磨损得相当厉害了。从现代物理学的观点来看,时间岂止是与这片天地共始终,即便这片天地消失了,它还要在我们所能理会的世界之外独自穿越,于是,伫立于雨雾迷蒙的湖岸,我想起了自己的诗句:"手,疲惫而难于下垂的手……"同时,恍然看到一尊有些抽象的青铜塑像站在面前,发出一声轻轻的喟叹。

我很奇怪,产生这种感觉的地方,不是历史在泥土中沉淀为一个又一个文化层的古老的中原,而是在这里,在抚仙湖,在云岭之南。

二

必须说,过去我驻足于抚仙湖畔时,山即是山,水便是水,并没有这样多的联想。

那时,我也像许多来去匆匆的游客一样,站在这样一片通神般的湖光山色之间,却不知道近在咫尺,有一座小小的红土山丘叫做李家山。更不知道,李家山出土的那些奇迹一般的青铜器。

直到我稍稍离开湖岸一点,来到李家山,与那些青铜遭逢,一切才得以改变。

其实,又何止是我呢?

对多数一直受着一元论教育成长起来的中国人来说,青少年时代读过的教科书中,青铜所铸的物件都是"国之重器",属于黄土与黄河,那是中华文化的正源。云南这样的边疆地带,可以书写的历史,在有着众多盲点的正统史观中,如大观楼的长联所写,无非是"唐标铁柱"、"宋习楼船"而已。当然我们也在正统的历史之外听闻过云南的青铜,那就是一些流传于边地的铜鼓。这些铜鼓的存在与使用,不过使民族风情更为浓郁和神秘而已。当一个人想起月夜下的隐约迢递的鼓声,就已经神游在原始与蛮荒的风情之中了。所以,人类学家说:"鼓发出各种信息,或具有仪式的性质。"鼓声传达的信息,对别人总是难解,而鼓声在不同仪式上所具有的神秘性质,更是助长了我们关于一些古老风情的想象。

但现在不一样了,我看到了李家山出土的青铜。再站在抚仙湖边,感受就复杂起来了。其实,我所以多次来到抚仙湖边,并不仅仅因为这湖光山色的胜景,而是因为这些青铜给我的震撼与启示。

比如,在这里,我发现了一只铜鼓。

这只铜鼓在一些庄重神秘的场合肯定被无数次地使用过,而且因为这频密的使用而老旧了。于是,人们让它重新回到曾经浇铸它的工场,开口以传出声音的那一面被一片青铜封闭起来,再加上一个小小的开口,一只具有礼器庄严的铜鼓,立即变成了很世俗的东西:贮贝器。顾名思义,就是储存贝壳的容器。贝是古代的货币。一面通灵的鼓使用经年后,再次来到匠人手中,变成了一只存钱的罐子!

对匠人来说,这个举动也许是不经意的,但这个行为却无意间构成了一个巨大的颠覆!今天,一句用滥了的话叫:走下神坛。很多时候,使用这个短句的人其实是在替这个过于庸常的时代开脱,也是每一个身陷于世俗泥淖者的自我开脱。但在意识中满世界都飘荡着各种神灵的古代,让一面可以通灵的鼓走下神坛,将其变成一只日常器具,的确是一个伟大的举动——至少比今天我们不为自己的庸常开脱还要伟大。

就这样,李家山的青铜在中国的青铜中成了一个异数。如果那些试图上通于天的青铜代表了主流,那么,李家山这些努力下接于地的青铜就因为接近民生而成为非主流,我就会肯定地说,我所热爱的就是这种非主流的青铜。

三

正因为如此，我才不止一次来到抚仙湖边，不止一次走向那座博物馆，走向那些青铜中的异数，异数一般的青铜。

不是铸为祭器与礼器的青铜，不是为了铭刻古奥文字记录丰功伟绩的青铜，也不是铸为刀枪剑戟的青铜。所以这些青铜，在中国历史书写中不是主流。

这并不是说李家山的青铜器中没有这样的东西，比如铜鼓，比如此地视为标志性的牛虎铜案，比如众多的兵器——而且在刀枪剑戟之外，还有"叉"与"啄"，有狼牙棒这样别处青铜陈列中未见的兵器。同时，我还第一次看见"啄"与"狼牙棒"这样的兵器顶部还连铸有造型生动的动物雕饰，兵器的威力未减，但在观感上，却有了一点日常用具的亲切。但我更想说的是另一些非常生活化的物件与雕饰，复活了古代滇人的生产与生活场景。如果不是这些青铜器的出土，也许古代滇人的存在就永远是一个似是而非的传说，也许在对他们的猜想中，我们眼前出现的就是一群茹毛饮血者的形象——这是中心对边缘的想象，也是所谓文明对蛮荒的想象。但是，这些青铜从沉睡千年的李家山的红土中现身了。使我们看到了一种曾经辉煌的文明。从此，站在抚仙湖边，或者在云南的边地民族中行走，就能时时感觉到今天云南各族文化与生活中还有那些青铜的余响，在思考中原之外非主流的历史的时候，就有了一条可以追踪的线索。

所以，我不止一次静静地站立在这些青铜的面前。

我曾经写过一篇文章，叫做《让岩石告诉我们》。理由就是，如果"一段历史未能通过某种记录方式进入人类的集体意识时，这个历史就是不存在的"。在一元史论和某些文化中心论的遮蔽下,边地的历史总是在有意无意间被忽略,被遗忘。所以,很多族群的历史就此湮灭,留下一点隐约的传说,也像是天空深处那些闪烁不定的星光一般。但是,游牧民族会在石壁上留下岩画,隔着空旷的草原和遥远的时间,给我们留下一些当年生活的信息。行走在那些已经成为荒漠的昔日草原上,心中一片空茫,恍然间会看到一个骑士的剪影,正挥鞭驱赶着刻画在石头上那些牛与羊——那些因为风化而轮廓日渐模糊的牛与羊。一个远古人群的身影就复活了。

那些昔日在广大地域上游牧的人群在石头上留下这些刻画的时候,另外一些人在铸造青铜。从黄河岸边那些古代都城,到三星堆,再到李家山。

从长安到三星堆,那么多让人感到神秘与庄重的"重器",至今还能让人喘不过气来。那些东西的产生与存在,仿佛就是为了别人在精神上匍匐在地。然后,抬头向它仰视,或者连仰视都不敢。那些器物的精神核心是"天赋王权",而不是"天赋人权"。从浇铸那些青铜的时候开始,经过数千年主子与奴才的共同努力,关于一个个逐次升高的等级与等级之塔顶端无可置疑与动摇的王权制度的建设已经日臻完善。谁说中国人没有宗教?等级塔尖上的王位就是最高的神坛。有时,君临天下者也需要"走下神坛",那也是"微服私访"的性质,有点像今天的作家"深入生活"。完了,还是要回去的。那些下什么坛的,也只是偶尔下来一回,最终还是安坐在各种各样的坛上,安享供奉。

所以,不要说看见,我们就是想到青铜,以至后来产生的铜的雕塑,内心里产生的就是一种沉重的情绪。

但这是在一向被视为边疆的云南,在云南高原的抚仙湖,在抚仙湖的李家山。一旦看到这些青铜器出现在眼前,你就轻松地走进了一种可以复原出细节与场景的过往的生活中间,从而真切地接触到一段鲜活的历史。

四

就来看看古代滇人是如何装饰了那些体形丰满的贮贝器,也就是他们存钱的罐子吧。

至少是那些展示出来的贮贝器顶盖上,无一例外都铸造上了神态生动的各色人等和不同的动物。而且,不是某个单一的存在,而是一组人,一组兽,或一组人与兽,相互之间因为呈现当时人类社会某一种活动或某一个生活场景而构成一种关系。这种关系或者紧张,或者松弛;这些场景或者和谐庄重,或者亲切幽默,都让我们这些总在思考一些文化与历史命题的脑子,产生一些新的感触与想法。前面说过,当我们在考察一些有别于我们当下存在的过往或异族的生活与历史时,往往会发现——不,不是发现而是总结出一种相当单一的特征,以至这种特征最后又抽象为隐晦的象征。这种情形,人类学家玛格丽特·米德早就批评过了:"他们个体生活的个性的侧面,总是泯灭于对群体的文化生活的系统描述之中。……这种描述是标准化的……像是制定确定的艺术风格的规则,而不是艺术家能够纵情地表达他的美学观念的方法。"

但现在,在这些贮贝器的顶盖上一组组精美的群雕中,你看到的不是这种象征性的符号,而是一种有温度的场景,你感受到的是仍然在呼吸的生活。可惜那些陈列的青铜器没有系统地分类、命名或编号,所以,说到这些器物也就无法准确地指称。但的确有这样一件贮贝器,在直径不到30厘米的盖子上,中央铸造了一根铜柱,以铜柱为中心,一共铸造了35个人物。而且,这些人物都处于行动当中,或头顶束薪,或手持陶罐,或肩扛农具,或提篮挟筐,甚至一个人好像正在展开一块织物,这些行动中的人物站、蹲、坐、行,清晰地呈现出各自不同的装束与神态。就在这小小的一方天地中间，居然还出现了由四人抬行的一具肩舆，舆内一位妇人端坐在一柄宝伞下面。看到一篇考据文章说，这组群雕描画的是春耕前祭祀的场景。但我看这组群雕，却意不在此。当真切地看到一些人身着那时的衣裳，做着那时的事情，一个时代的一角就以原本的面貌呈现了来，至于他们是去往市集之上进行物物交换，还是正在进行祭祀，倒显得不那么紧要了。

我是凭着记忆写这篇文章的。现在，我又想起了另一只贮贝器上的驯马群雕。一共七个佩剑男子正在驯马，一人一马绕圈而行，正好吻合了圆形顶盖的形状。圆圈的中央，是一个踞坐于高座上的男子，怒目而视，双手舞动，显然是这场驯马的指挥。这其实已经用非常直接的描述告诉我们，当时使用这些青铜器的人们，其畜牧业发展已经达到了怎样的一种水平。还有一组雕塑也相当直接地说明当时畜牧业的状况：一个头戴长檐帽，身着紧袖长衫，胸前挂着显然是用做容器的葫芦，一手揽着拴牛的绳子，一手正把什么东西送进牛的口中。研究者的解释是，这人是一个兽医（或者一个懂些医学常识的人），正在给牛喂药。

这组雕塑来自李家山青铜器中和贮贝器一样最为特别的一类：扣饰。

某年，我在美国弗吉尼亚的乡间旅行。某日，在一个镇子上进了一个特别的商店，这个商店出售各种马具，比如相当于一部汽车价格的一副马鞍。但真正使我感到兴趣的，是店里出售的各式各样银质的精美扣饰。所有扣饰质地与式样各异，但都有一个共同的表现对象——马，我花80美元也买了一枚作为此行的纪念。所以，在李家山看到那些青铜扣饰时，不用看文字说明，我立即就明白了这是些什么东西。

隔着玻璃展柜，我久久端详着它们。

想象那些无名的工匠如何在完成了这些皮扣的实用功能

后,没有草草结束他们的工作,而又沉溺于美的创造,最终使一件件实用的器物变成了精美绝伦的艺术品。

扣饰之一,一个骑士驱驰着骏马猎捕野鹿,那只奔跑中的鹿昂起头来向前飞奔,一对犄角所有向后流动的线条为整个扣饰增加了流畅的动感,我仿佛看到它驱驰在遥远时空中,耳边掠过风的呼喊。

扣饰之二,四只猛虎刚刚把一头身量巨大的牛扑倒在地上……猎食者的凶猛与被猎食者的挣扎都表现得活灵活现。

还有之三,之四……但我毕竟不是为这些青铜撰写解说词,就此打住吧。所以愿意在具体器物描绘上多花一些笔墨,无非也是想让这些非主流的青铜得到更多的关注。

更值得一说的,还有那些青铜的农具。

从中国这块古老的,层层文化互相掩盖的地下,已经发掘出了那么多的青铜器,但哪里会有这么多的农具?

目前,李家山出土的器物并没有完备的陈列与展示,据发掘资料介绍,光是生产工具就多达十余种。除了至今还以铁器的面目在乡间被广泛使用的那些工具之外,我特别注意到有一类有较大面积的工具,上面都有整齐的镂孔,这显然是为了适应湿地作业而产生的发明创造。这其中,还有一件研究者们至今也没有弄清楚其用途的带把的镂空的勺形器具,器具前端还有一个造型生动的蛇头。如此直接的一个用具,却给今人留下了一个难解的谜团。

看到这些精雕细琢的农具,使人敢于相信古代的农耕生活肯定具有比今天更多的诗意,而在今天中国广大的乡野之间,焦灼的田垄与村庄中间,那些温润如玉的东西却日渐枯萎了。

遂想起《诗经·郑风》中的诗句:"女曰鸡鸣,士曰昧旦。子兴视夜,明星有烂。将翱将翔,弋凫与雁。"

五

　　看到李家山各种青铜器物上对生活场景，对牲畜与野兽的精细刻画，恍然间，我真的感到《诗经》用富于歌唱性的文字所描述过的生活与劳动场景，以及那些场景中的人的情怀，在某一个瞬间真的复活了。

　　"皎皎白驹，在彼空谷。"我看到了《白驹》中那匹白马在扬蹄奔跑。

　　"谁谓尔无羊？三百维群。"这是《无羊》中一个牧人关于丰年的梦想。

　　再看一段《伐木》："伐木丁丁，鸟鸣嘤嘤。出自幽谷，迁于乔木。嘤其鸣矣，求其友声。相彼鸟矣，犹求友声。矧伊人矣，不求友生？神之听之，终和且平。"这里，仅从美丽的声音就烘托出劳动者怡然的心情，而更在场面的描写中升华出关于人际关系的温情的思考。

　　怀着《诗经》的情致读这些非主流的青铜，就能感到在辛勤劳动中生发美好与欣怡的流风余韵。今天，中国大部分乡村生活中那种怡然自得的情景已经荡然无存。曾经肥沃的土地日渐瘠薄，心灵中那些欢快的泉水也早已干涸。好在，在云南的乡村，无论是来自中原的汉族，还是世居的或同样是迁徙而来的少数族群，在他们的劳动生活中还多少保留着一些属于古代的乡村的诗意。一句话，生存的努力中还有让人感到温馨的"终和且平"的美感。过去，我对这种感觉无以名之，就叫做"云南的古意"。现在，有了李家山，我就感到这种"古意"其来有自，而又布于广远了。如果仍拿青铜说事，李家山出土的那种形制独特的小型编钟，在数百里外的红河岸边也曾出土。编钟出土的热带河谷里，生活其间的花腰傣，那些穿行于槟榔林间或稻田之间的女人，身上叮咚作响的金属饰品，在我看来，正是那编钟的悠扬余韵。

我喜欢云南，无非是两个原因。

一是云南的多样性——自然生态的多样性与民族文化的多样性。

再者，就是前述所谓"云南的古意"。这种古意其来有自，这个"自"，部分当然源于中原文化。但这个"自"却也自有其特点。这个特点就是人类文化中最为质朴最为直接的那个部分，始终存活在民间生活中间，而在中原文明的发祥地，文化进入庙堂后成为一种玄秘的象征，而在民间生活中，流风余韵已经相当渺远。

现在我发现，自己对李家山青铜的喜欢，居然跟喜欢云南的原因如此一致地重叠在一起。中国文化太老了，太老的文化往往会失去对自身存在有力而直接的表达能力，所以，居于主流文化中的人走向边地，并被深深打动而流连忘返，自身都未必清楚的原因，一定是在这块土地上，在这些边地的非主流文化中感受到了这种表达的力量。太多的形而上的思辨，在诉诸形而下的生存时，往往缺少一种有力的表达。

正因为这个原因，"礼失而求诸野"，人们来到云南，发现了美丽风景之外的云南，就会更加爱上这个像李家山青铜一样深藏不露的云南。

哈尔滨访雪记

在中国这个老的国家里,每一座城市都很古老。这些古老的城市,现在都变得千人一面般的年轻。哈尔滨是个年轻的城市,却舒服地保留了一些老城市的味道。

夏天,不管你走到什么地方,除非荒漠,总是绿色覆盖了原野。夏天的绿色像一个帝王,把整个国家至少从地理上统一起来。到处都是雨水,到处都是浩大的水流。而冬天就不一样了,从北到南,气温分成了一个又一个的梯次,从低到高,改变了大地的色调。与此同时,水在枯萎,同时也变化出了丰富的形态:冰,雪,霜,雨,雾。仅仅凭借于此,整个国度就分出了南方与北方。2005年元旦,我从成都出发的时候,就担心弥漫在四川盆地里灰蒙蒙的雾气使飞机不能正常起飞。温润的空气里绿色植物继续生长,但雾气长期阻断视线却使人心情黯淡。

飞机在耐心的极限到来之前起飞了,降落在作为这次旅途中转站的北京。地理书告诉我们,北京是在冰雪的北方。但是,这里没有冰雪,没有水的另一种形态与气息。只有大堆的房子,干冷的风。好在今天,这里只是一个中转,只是从飞机场转到火车站时经过的一个地方。天很蓝,枯萎的树却是灰蒙蒙的一片。

夜晚的火车向着哈尔滨进发。火车穿越寒冷而又干燥的大地,除了偶尔一声汽笛,没有原野的辉光与声音。铁轨与车轮合奏的单调音节与同一节奏的摇晃,把人扔到床上,沦陷于睡眠。

夜半之后,我醒来,不是因为吵闹,而是因为安静。火车行进中那单调的声音越来越低,低到犹如梦境一般了。然后,我听到了一种巨大的差不多是无边的安静,那安静就是原野的声音。有这么巨大安静声音的必出自更为宽广的原野。这样的原野上,必有河流浩大,犹如一株枝叶舒展的巨树一般。一些山冈蹲守在远处,犹如神灵。我没有睁眼,那寂静就已经让我看见。睁开眼,就看见透过窗户的稀薄的光亮。披衣走出包厢,走到更宽大的车窗前,光亮像水一样弥漫而来。我看见了南方雾气中久违不见的月亮!那月亮不发光,像只银盘滑行在天上。光是从地上弥散开来的,准确地说,是从地面的雪,地面的冰上弥散开来,把天空、树木、村庄、山冈照得微微发光,好像天地万物在这个夜晚,从自己的内部发出了光芒,而新鲜的寒冷的空气运行在这些光芒中间。我想,这才是真正的北方!想象中的冬天的北方或者北方的冬天。生活在这个世界上,我们总在想象一些事物的面貌,也总在发现这些事物与想象的差距。但是,在2005年开始的这个夜晚,我看到了与我想象契合的景象。

　　我呆立在窗前,列车的声音低下去,低下去,梦境一般穿越着冰封雪覆的原野。静谧的月光,穿过云层,穿过树林,越过村庄,梦境一般跟随着列车穿越。直到天渐渐放亮,月亮才隐去。此行是应哈尔滨市有关方面之邀前去观光,所以,我不能说哈尔滨之旅的高潮已经提前到来,但我可以说,哈尔滨之旅的调子已经定下了。

　　我的目的不是喧闹驳杂的城市,而是静谧广大的原野。南方冬天晦暗的雨雾中,田野已经很疲惫了,但仍然要生长粮食,生长蔬菜,生长鲜花,而不得休息。但在东北大地上,田野盖上洁净的雪被静静地休息了。我喜欢这种安静的休息,我们所有人的内心都渴望这样安静而且洁净的休息。

　　在中国这个老的国家里,每一座城市都很古老。这些古老的城市,现在都变得千人一面般的年轻。哈尔滨是个年轻的城市,却舒服地保留了一些老城市的味道,而这些老城市的味道,并没有作为什么遗产,被圈禁起来。仅仅因为这个,哈尔滨就应该让我们喜欢,更何况还有大江穿过,更何况还有冰灯闪烁。更何况,还有程式夸张,内在质朴,语涉低俗、幽默机智却浑然天成的二人转在人们心头唱着,但我还是固执地喜欢着汇集在这个城市四周的旷野。

所以,友人带我逛街时,我特别想到冰封的松花江上。

好客的主人同我去访萧红故居,车经过一条河,我便被疏朗宽展的河床,河道中冰封的蜿蜒水流,河岸两边虬劲沉默的大树,以及背后夕阳的光芒感动了。主人指引说:"呼兰河。"我甚至说,可以兴尽而返,不去看什么故居了。相信哺育了萧红的不是那个故居的地主院落,而是这条呼兰河。当然,后来还是去了故居,果然是一个生气已失的院落。有意思的细节是,看到壁上的名人字画中,有特别不像书法的一幅,四个没有布局也没有力度的大字怀念萧红。落款是美国汉学家葛浩文的手迹。葛也是我小说的英译者,回成都后我发了封邮件给他说这件事情,他以前所未有的速度回了一信:"二十多年以前,呼兰县的人员先把我灌醉,之后让我一生中唯一的一次用毛笔写字。怀念萧红。够丢脸吧。"

所以,一行人到哈尔滨郊区滑雪时,我想到的是,回到南方便无雪可滑,所以不必费力去学。然后,就被滑雪场四周疏朗的松林,松林中厚厚的积雪所吸引,一路踩着雪向着这个山冈的顶部走去。这山看上去很低,攀爬起来,却显得越来越高。太阳的光斑稀稀落落,积雪在脚下吱吱作响,呼吸越来越深,越来越多前所未有的凛冽,但也前所未有的新鲜刺激的空气涌入了胸腔。休息时,我脱下手套扒开深雪,现出了干枯的草和绿色的松树苗,但似乎没有想看见的东西。问题是有一时半会儿,我也想不起来,自己想在深深的积雪下扒出什么。我躺在雪地上,身上,脸上,洒着斑驳的阳光。在这冰雪覆盖的绵远大地上,身上无法感到阳光的热量,但闭上眼睛,却会感到透彻的明亮,听见阳光落在树上,落在雪地上,发出细密的声响。这种声音里,宽广的大地,白雪覆盖的大地晶光闪耀,向四方铺展。

起身继续往上时,我想起来,前些时候,看过迟子建一篇小说,说是东北的秋天短促,冬天来得迅猛,所以,积雪下会封冻住很多颜色鲜艳的野生浆果。我扒开积雪其实就是想看看下面有没有秋天未及凋落就已被冷藏的浆果。回哈尔滨看冰灯的时候,好像给迟子建谈了这事,她好像大笑,说,有,但在更深的山里,在她的家乡那边。确实,那天穿过的松林都很整齐,树都太小,而且品种单一,只是躺下来透过一些树冠看天的时候,有点森林的感觉。

爬上那座小山冈,举目看见更广大的雪野,更多的连绵起伏的山冈,休息的田野,封冻的长河。然后,一列火车,蜿蜒着穿过寂静大地,从远处而来,又向远处而去,使大地更加洁净与空阔,而道路辐辏,会聚于目力所及那片烟云氤氲热气腾腾处,那座叫做哈尔滨的城市。白天活力四射,傍晚,夜幕落下,然后点上盏盏冰灯,拢着那么晶莹的光,在整个白山黑水梦境的中央。

声　音

　　刃口一样轻薄的寒意！

　　当我从军马场招待所床上醒来,看见若尔盖草原的金色阳光投射到墙上时,立即感到了这轻薄的寒意。

　　阳光是那么温暖金黄,新鲜清冽的寒意仍然阵阵袭来。这寒意来自草原深处那些即将封冻的沼泽,来自清凉漫漶的黄河,但这只是整个十月的寒意。眼下的这种轻寒更多来自落在草族们身上的白霜。

　　从黄河两岸平旷的滩涂与沼泽,到禅坐无言的浑圆丘岗,都满披着走遍四方的草。都是在风中,一直滚动翻沸到天边的草。

　　十月,草结出饱满的籽实。

　　十月,草们在阳光照耀下通体显现出耀眼的金黄。

　　十月,早晨的寒霜落在金黄的草梢之上。那么美妙透剔的结晶体,一颗一颗,仿佛是这些草族统一结出的另一种奇妙的果实。一个两百年前的喇嘛在修行笔记中用诗行摹写过这些霜花,说它们是某种情境的结晶,是苦涩的思想泛出的盐霜,是比梦境更为短暂,比命运更为凄清的短命宝石。在镇子附近的辖曼湖边喝奶茶的正午,一个年轻的喇嘛这样告诉我。并送我一本那个喇嘛笔记的复本。其时,身后的湖上大群的鸥鸟正聒噪着起飞,扇动着翅膀越过寺院的金顶,越过被秋风染得一片金黄的丘岗,飞往温暖低湿的南方。那么多蹼拼命划动,那么多翅膀奋力扑击,四溅的水花中鸥鸟们的叫声简直沸反盈天。所有这些都是白天在草原上闲荡时留下的记忆。

现在是早上,我刚刚从军马场简陋的招待所床上醒来。床很硬,我把被子当成褥子,睡在随身的睡袋里。睡袋是一个黑暗而且温暖的世界。一个有很多的自身气味的独特世界。

我的脑袋还缩在睡袋深处,就听到某种细密的声响。我知道,这是太阳升起来了。阳光撞在窗玻璃上发出叮叮的声响。头伸出睡袋一看,果然,一方金色的阳光已经明晃晃地照在了对面的墙上。原本白色的粉墙上许多斑驳的印痕。天花板上糊着十多年前的报纸。报纸都泛了黄,而且开始曲曲折折地龟裂了。墙角蹲着一只锈迹斑斑的烧泥炭的小火炉。洗脸架上的小镜子从中央向四边放射裂纹,无意之间模仿出一种花的图案。然后是四张床。四张床上只睡了我一个人。对面那张床上的被褥卷起来,床板上铺了报纸,报纸上有两本书和一叠稿纸。兴之所至,我会在纸上写点什么东西。这些天来,我对这个房间里的一切都已经非常熟悉,而且非常融入了。不用眼睛,只用脑门里某个地方就能清楚看到所有的一切。所以,这会儿我也不清楚自己是用眼睛还是用脑门里的某个地方看见的。

我还看见了窗户上凝结着漂亮的霜花。于是,那令人振奋的轻快锋利的寒意又悄然袭来。

关于这寒意来临的方式,我突然想到了桑德堡的诗。他写雾来到的方式是猫的方式。但我还是想不出这看不见的寒意随着阳光一起涌入是一种什么样的方式。但我喜欢这种新鲜的寒意,便躺在床上大口地呼吸。同时恍然看到,宽广原野上的草和石头之上,结满了晶莹霜花,牧场木头栅栏上的霜花如盐,牦牛眼睫毛上的霜花如雾。马走过草地时,细碎的霜与深秋的草发出嚓嚓的声响。

从东边雪峰上射过来的阳光很明亮,但要好一阵子才会渐渐温暖,融化寒霜。太阳没有出来之前,寒意是凝止不动的。是流淌的阳光让寒意相随着流动起来。

每天,草原小镇的节奏差不多都一模一样。

所以我知道,接下来,一些三天来我已经熟悉的声音该出现了。在我的窗户下面,是一大片干枯的牛蒡和牛耳大黄。再过去是一个小小的水淖,水淖旁边就是这个叫做小镇的马路兼街道了。这是一个建在三岔路口的镇子。往西,黄河所来的方向是青海。黄河流去的方向——北方,是甘肃。东边的公路,穿过草原,再一头扎下雪山构成的大地阶梯,进入四川盆地。小镇在行政建制上属于四川。小镇是一个三省通衢之地,却没有一点繁华喧嚣之感。来来往往的卡车总是拖着一条长长的尘尾,从小镇上疾驰而过。结果,那么多尘土降落在镇子上。加上路边一两家生意冷清的加气补胎的修车店,本来可以稍稍美丽一些的小镇便平添了一种凋败的味道。这是草原上许多历史不长的小镇中的一个,好像当初将它们仓促建立起来的目的,就是要让它被世界彻底遗忘,就是要在它身上试验培植一种人工速成的凋败感。

当然,现在我躺在床上,看不到小镇破败蒙尘的房子簇拥在宽广草原中央那有些瑟缩的样子。看不到那些矮蹲在寂寞日子深处的房子,就像一群皮毛脏污索索发抖的羊。

现在,我看不到这些,我是在一所房子的内部,更重要的是我躺在自己携带的睡袋里。尼龙绸光滑的质感像女人的肌肤。被子里絮满的柔软羽绒,也是一个女人皮肤干燥清爽时的味道。当然,更重要的是其中混合了自己暖和浊重的味道,使我能像在一个最熟悉最习以为常的地方那样平静如水。

我在期待一些声音,期待窗外马路上一些熟悉的声音。

声音响起来了。仍然像我几天前第一次听到那样舒缓得有些拖沓:嗒,嗒,嗒,嗒。一路从镇子的东头响过来。这是一匹老马的蹄声。老马年轻的时候,应该是一种亮闪闪的青灰色,有一种金属般的质感。但我昨天在王二姐小酒馆看见这匹马时,却发现跟它酒醉的主人一样,已经很老很老了。马的主人朝我扬扬手中的啤酒瓶,露出满口参差的黄牙。马拖着缰绳,垂着脑袋在太阳下假寐,漾动在皮毛上那一层流光溢彩的生命活力,已经完全消失了,剩下来的只是一种暗淡而绝望的灰色。现在,这马迈着一成不变的步子,驮着它的主人从窗外的马路上走过。灰马曾经可能是一匹剽悍的战马,而它背上的骑手曾经是一位战斗英雄,战争结束后,因为离不开战马而到军马场当了饲养员。十多年前,骑兵建制从中国日益现代化的军队中撤销,专门培养良种军马的军马场也随之结束了历史使命。于是,这匹灰马的前程与骑手的前程都在那一天终止完结。

年轻,却很不振作的镇长说,当这一对老东西哪天早晨不再出现在镇子上,这个镇子被忘却的历史才会真正结束。他说这话的时候有点诅咒的味道。好像这个镇子没能显出勃勃生机,就是因为这一对老东西的错。另外一些人就平和多了。他们都相信,这对代表着小镇昔日辉煌与光荣的老家伙,会选择同一个时间,在人们视野之外某个清洁安详的地方告别这个世界。我坐在小饭馆里,喝着有些发酸的奶茶打发时间时,突然注意到马的双眼很大,像这个季节的水淖一样,反映着晴朗天空里的云影天光。

马从窗外走过去了。

片刻的静默,中间穿插了一辆载重卡车疾驰而过时的轰鸣、尘土与震动。汽车声音往青海方向消失后,从天花板上震落下来的尘埃还在阳光的照耀下盘旋飞舞。

然后,我听见了那双走路时总是擦着地面的旧皮靴的声音。那是一个拖着脚步走路的中年妇女,对这个镇子来说,她是一个不知姓名的过路人,没有人知道她要到哪里去,也没有人知道她要去哪里寻找什么或者什么也不寻找。但到达这个镇子后,她便停留下来了。每天定时出现,沿街乞讨。一天早上,人们惊奇地发现,她身后乖乖地跟着一只羊。但没有人问她这只羊的来历。后来,她身后的羊再增加时,人们连惊奇都没有了。我看见她时,她的身后已经有了五只羊。这不,在拖沓的脚步声中,间或传来羊咩咩的叫声。在所有动物的叫声中,只有羊的叫声能把悲戚与无助的感觉发挥到极致。

羊叫的声音:咩。咩咩。

老太太永远沉默无言,只有旧皮靴从土路上拖过时的嚓嚓声穿插在羊子悲哀的叫声之间。

五只羊与老太太走过去之后,窗外又安静下来。

太阳又升高了一些。这时,从窗外映射进来的是两方光芒,落在灰皮剥落的墙上,糊着一层层过期报纸,而这些重叠的时间又斑驳龟裂在天花板上。一方光芒金黄,而且渐带暖意,那是透过玻璃直接射进屋子的阳光。一方晃动不止的银色光芒,是窗外那个小淖的镜面上折射进来的阳光。水吸掉了阳光的金色与暖意,把光变成一种不带温度的纯净的银色,在眼前晃动不止。

然后,小学校的钟声响起来。草原很空旷,镇子上也没有什么高大建筑。声音无所阻滞,没有重叠回荡时的杂乱共鸣,只是很纯净地一波一波荡向远方。我听不到这声音的边界。听不出这些声音消失在什么样的地方。是沼泽地里那些大大小小的草墩之间,还是视线尽头的小山丘上永远深绿的伏地柏中间。那些小山丘上,所有花都已开过,现在,只有结出饱满籽实的草在风中摇晃。

钟声一拨拨有去无回地漫过我,然后,四周又突然变得很静。静到我能听到自己脑海中一种蜂巢深处那种嗡嗡的声响。其实,那是金属钟内部在敲击停顿之后继续振荡。钟声是水淖反映到屋子里那种银子的颜色。

之后才是唯一能使整个镇子显出生机与活力的声音。

很多门开启,关闭。很多杂沓的脚步声啪啪嗒嗒地响过窗前。后面,是母亲们祖母们叮嘱什么的声音。这一瞬间,本身就很明亮的阳光更加明亮到了有些刺眼的程度。这种情景,让人回想到自己并没有太多幸福的童年。心里很深的地方,有些悲伤,有些渐渐升起的温暖。于是,我躺在床上再一次闭上了双眼。视线偏偏越过了四堵墙壁的局限,从很高的地方看到这个早上的草原。太阳渐渐离开东边地平线上逶迤的雪峰,把所有草上,所有石头上都凝结着的霜花照亮。所有霜花都在融化之前,映射出一种短暂而又迷离的光芒。

　　我继续躺在床上,闭着眼睛一动不动。害怕自己抓不住那短暂迷离光芒中揪心的美感。一切重又安静下来。孩子们坐在课堂上,打开书本,努力要通过文字的缝隙,窥望另外一个世界。而在广阔的草原上,从东向西,深秋的霜花渐渐融化。霜花融化后,草棵上昨天还残存的一点绿色,也化成了这个季节的主调:明亮的金黄。耀眼的金黄。

　　霜花融化时候的草原是安静的。于是,我才听到了自己的心跳:咚咚,咚咚。仿佛来自大地深处的声音,其实不是来自我的身体。而是十里之外的一座庞大寺院。寺院的金顶闪闪发光。很多红衣喇嘛坐在耸立着数十根巨大方柱的庙堂里。庙堂总是阴暗幽深。诵经声被局限在庙堂厚重的四壁间,被压迫在色彩浓重的藻井下,混浊不堪。但是,鼓声,却一下,一下,很沉稳地传到很远的地方。

　　鼓声响起时,镇子上人便越来越多,声音也杂乱起来。摩托引擎声,男女调笑声,便携式收录机播放的音乐声,家畜们在镇子上穿行时偶尔的鸣叫声,鱼贩的声音,菜贩的声音,在这些纷乱的生活声音之中,很多的野狗不知从什么地方钻出来,间或尖利清脆而又无所事事地吠叫几声。这时,草原上的霜已经完全化开了,那轻薄锋利的寒意也已消失。穿过镇子的马路,因为人的行走,车的飞驰和家畜们的奔突而变得尘土飞扬。草原深处,那些因为寒意凝止屏息的水淖又开始在轻风中微微动荡,映射着天上的云影天光。蜿蜒曲折的黄河,波光粼粼,从西而来,在小镇旁边,一个差不多九十度美丽的大转弯,又流向了北方。

我此行是参加一个宗教调查小组,在去传来鼓声的那个寺庙的路上,因为小病在这个镇子滞留下来。三天来,我便通过这些声音熟悉了像草原上所有小镇一样的这个小镇。最后的声音是,一辆吉普嘎吱一声刹在窗外的马路上。然后,几个人影映在窗上。我穿衣起床,同伴们接我来了。

现在离那个草原小镇的早晨有七八年了吧。后来,我又去过很多这样的小镇,也很多次经过那个小镇。奇怪的,那个小镇永远都是那个样子:永远是仓促地刚刚完成的拼凑完成的样子,也永远是明天就会消失的样子。每次路过那个镇子,那些声音便响起来。同时,我还听到了另外一种声音。年轻的镇长请我到他家去吃过一顿藏式大餐。小镇上的房子总有两面的墙没窗户。外面阳光明亮的正午,屋子里便幽暗下来。镇长和我吃饭的时候,他的妻子就坐在那清凉的暗影里。镇长说,刀。一把片肉的刀便从暗影里递出来。镇长说,盐。一个盐罐又从暗影里递出来。

有一个词是不用吩咐的,那就是酒,当面前的杯子快空的时候,那个女人的手便从暗影里伸出来,把我跟她丈夫面前的杯子斟满。所以,我对镇长妻子的认识就是一只手,和戴着一只沉重的象牙镯子的手腕。当然,还有一种有些压抑的呼吸声。由此我知道,镇长的妻子害着哮喘。我把这情景写成过一首诗,为了与哮喘声相配,我把背景设置成了冬天。

界　限

我是在夜里到达这个地方的。

黑暗中,凭气味我知道自己是到了一个草原小镇。这种气味是马匹和街道上黄土的气味。白天,马匹们在阳光下穿过满是浮尘的街道,或者停留或者不停留,如今,已在某片草原上沐浴清风与星光,却把壮健与自由的气息留在了这个地方。

在即将关门的回民饭馆吃那一盘牛肉时,小镇正渐渐睡去。远处草原上传来牧羊狗的吠叫。感觉不到有风,却听见很高远的地方有风在呼啸。不禁叫人恍然觉得已在时间边缘和世界尽头。

就在这么美好的自然中,总是这样粗糙的饮食,这样简陋而肮脏的房子,好在小饭店的后门打开,我就听到了潺潺的水声,夜的清凉之气立即席卷而至。走出这小门,背后的灯光把身影拉长,投射到一道小桥上面。桥那头又是一道门,那就是我睡觉的地方了。店主人说:"小心,过了桥就是我们甘肃了。"

这条小溪在这时充当了我们人类无数界限中的一种。

在此地流连的几天里,我都不断被人提醒:这溪流是一条界河,北岸是甘肃南面是四川。提醒者多是胸前别着钢笔的人物。老百姓却告诉我:过去,溪水滋润的是同一个部落的牧场,现在却为牛羊过界,或者一幢房子修错了地方而不断发生冲突。冲突不断增加着邻居间的仇恨,从民间,到官方。当然,我只是个无足轻重的人物,这些事是不容我置喙的。当地一个民政干部向我出示几张流血的照片时,就受到他的领导训斥。而我实在无须这个长官如此防范。

我只是一个徒有吟游诗人的心灵,而没有吟游诗人歌喉与琴弦的人。我只是一个沉默的旅人。

只是因为一种盲目的渴求与孤寂的驱使,十分偶然地来到这个地方。我关心的只是,辛勤采撷到的言辞是永恒的宝石还是转瞬即逝的露珠。

在没有桌子的房间里,我点燃随身携带的蜡烛。电灯也就在这时渐渐熄灭,这过程就像一声长长的叹息。按时停电是这类小镇的习惯。新的一天开始时,周围的世界陷入了梦境。我在烛光下打开地图,找到自己此时在世界上的准确位置,一颗心就得到了些许抚慰。

在这夜深人静的时候,心随着大地的呼吸缓缓跳动,伸出手指,在图上顺着一条蓝色细线左右蜿蜒。在我栖身的地方溪流还没有名字。只是当它和若尔盖草原上众多的同样溪流汇聚起来后,才有了一个名字叫白龙江。白龙江汇入嘉陵江,嘉陵江汇入长江,长江汇入大海。宁静的夜晚,大海中盐在生长,珊瑚在生长。这样很好,叫人对自己的生命有了确实的把握。

我想,梦中的自己一定有甜美的笑容。

早晨起来,只见满天大雾。湿漉漉的雾气缓缓流淌,带走了小镇上不好的气息,带来了旷野上泥土和水草的气息。雾还遮住了许多我所不愿看到的东西。抬头向四周环顾,发现这里已是若尔盖草原的边缘了。几座山在东南方相依相扶,绵延而起。眼睛看见它们时,双脚已不由自主向它们移动了。第一个山头只是一个浑圆的小丘。可就这小小的一次登高,竟也让我看见一次草原的日出:一个红球从地平线上缓缓升起,到了确信眺望它的人已经十分渴望它的光明与温暖时,才猛一下放射出了耀眼的光芒。众多的鸣禽都在这一刻开始了欢快的啼叫。云雀欢叫着笔直地向上飞升,把无比清亮的声音从天上和太阳的金光一起抛洒下来。就是这样,草原的早晨变成了光和声辉煌的交响。就在这华美的晨曲中,马匹、牛群从白雾中走了出来。每一叶绿草,每一片花瓣上都有露水在闪闪发光。可惜这个世界并不仅仅只有马匹、牛羊和它们赖以生存的水草。

这世界上还有人。

面前这倚在山湾里的小镇就充分显示了人类闯入这个世界时的仓促与盲目。现在就让我来勾勒一下这叫做纳摩的小镇的面貌吧。

雾气还未完全散开时,最先是溪流两岸山坡上的两座寺庙跌入了眼帘,一样的琉璃宝塔,一样的铜鹿在金色的屋顶上守护着法轮,法轮运转了地、水、火、风等等所有的东西;南北对峙的两座藏传佛教寺庙规模也大体相当,从外观上就可以看出有显宗学院、密宗学院和时轮金刚学院。在这片不算贫穷但也算不得富庶的草原上咫尺之间修起两座同宗同派的寺庙该要百姓们多少供养!但从视觉上讲,这些建筑绝不会破坏自然的美感。当雾气进一步散开,辉煌大殿下面那些木瓦盖顶的低矮僧舍就有些破败的味道了。好在这些不规则的僧舍之间有高大的云杉和柏树遮蔽掩映,才减轻了这种感觉。问一个出来练习唢呐的小喇嘛,为什么这么小的地方要建两个如此庞大的寺院,小和尚深怪我的无知,说:"四川一个,甘肃一个嘛!"

寺院下面是一村庄。或者说是这个小镇的村庄部分。村子就是一片低矮的土屋,那样地灰颓,没有光彩。好在家家门前都有一个院子,用整齐的树篱围成。好在院子都辟成了菜地,灰颓中有了一畦畦翠绿。这是一个回民聚居的村子,所有土屋都拱卫在清真寺的周围。清真寺高耸的塔尖擎举着一轮新月,使这群土屋凝聚起来了。这也自有一种精神上的力量。

再往下，就是这个镇子新建的部分了——在这草原上显得最为唐突的部分，显示了人类所可能有的仓促与草率。一方面，所有建筑怕冷似的挤在一起，显示一种团结紧张的思想；另一方面所有这房子的门窗都朝向各自的方向，好像唯其如此，才能显示自己的存在一样。所有这些饭馆、商店、仓库，一个乡政府所能具有的一切，就这样蛮横地破坏了草原的美感。这无意中流露出一种心态，这些房子的主人谁也不想在这里久待，但迫于生计又不得不呆在这里。这样，它就不可避免地沾染上了所有这种偏远小镇的味道——它们自身却是作为现代文明的代表而备感骄傲的，叫人觉得要是和周围的环境协调起来就失却了存在的理由。

我想自己是一个理想主义者，情趣也比较古典。我想这些房子不要如此狭长死板，色彩不要这么暗淡，不妨栽种点树木花草，它们的表情就会自然松弛，而不那么倨傲紧张了。但是它们不，它们就那样挤在一起，中间狭窄的通道也无人去平整。这样也就只好终日面对雨天的泥泞与晴天的尘土。

问一个医生，为什么不把小镇弄得干净一点，他翻翻眼皮说："我们甘肃关四川人屁事。"

原来，我已经在不知不觉间跨到溪流的北岸去了。你不能把这条溪流仅仅只看作是一条小溪，而要看作一条界河。界河不仅仅存在于国家之间。就是在这样一个看上去遥远宁静的地方，也同样地规范着人们的言行，也在人们思想中制造可怕的东西。有了这种东西，人们表示敌意或轻蔑就有了一个可靠的依托。

这个地方，历史上有过的是民族间的冲突，而现在，民族关系日益融洽，种族限制也日益模糊。比如过去冲突常在两座藏传佛教寺庙和清真寺之间发生。近百年来，一旦明确了那小溪是一条界限，冲突也就转移到了两座佛寺之间，争夺供养之地和教民。而当我到达的时候，小小的一个回民村子则为遥远的波斯湾战争而激动,他们当然倾向于穆斯林兄弟打胜仗。《金枝》一书的作者弗雷泽在澳大利亚曾看到这样的情形:当一个部落感到生活空间的狭小,感到了界限的束缚时,他们就派遣使者去要求更改,这种要求在大多数情形下都会被拒绝,于是,前者便派人去说,他们要来夺取所要的东西。后者便回答说:那样他们就要向邻近的近亲部落请求主持正义和进行援助。于是双方准备战争。会见时像平常一样说上多少愤激的言辞,最后同意次日每方以相等的人数来打个水落石出。但到了次日,却只进行一场个人决斗便解决了争端。

我喜欢这样的方式:直接,明快,自尊而又富于人情味。现在这种界限却暗暗腐蚀着人们的心灵。而这条作为界限的又是一条多么美丽的溪流啊!好似一条大江之源。水流哺育着文明、生命和天地万物。而在不止一个地方看到河流不再滋润心灵与双眼。当人们注视界限的时候,都会服从集体的冲动。我去参观甘肃那边的寺院,那儿的喇嘛也因为我虽和他是同族但籍贯在四川而向我关闭了他智慧的窗扉。四川这边寺院允许我随意参观多半是因为那边寺院拒绝。寺院住持去过印度。我向他打听佛教早期寺院的情形,比如对汉藏佛教均有过巨大影响的那烂陀寺。这个善辩的喇嘛警惕地看我一眼,之后就深深地沉默了。我知道,这是又一种界限作祟的缘故了。本来,仅对宗教而言,这种界限是不存在的。实际上这界限它存在,像一条阴影中的冰河散发着寒气。后来喇嘛答非所问,说,印度嘛,印度不好,印度的蚊子比苍蝇还大。

剩下的时间,我顺着溪流往上游走去。草地的尽头出现了岩石。

事先就有人告诉我可以在这些岩石上看到佛教史上有大功德者留下的圣迹,一些说明这个地方如何吉祥的胜景,但我都没看。我只是顺着溪流一直走向上游。沿着小溪的小路渐渐模糊,溪水也隐入了这片草原上唯一的一片森林,小路终于消失了。起初,森林中还有一些为建筑小镇而斫伐的痕迹。后来,就只有树木、苔藓和水了。每一株大树的根子,每一道岩石的缝隙都是水的来源。我只是想,人们又是如何替源头之水区划一条明确的界限?

我不想再回到山下的小镇。于是,翻过一个不算太高的山峰,眼前豁然开朗,又一片更加宽广的大草原展现在眼前。

清晨的海螺声

一阵海螺声引起了我的注意。

一个红衣的僧人站在一座规模不大的寺庙的平坦泥顶上,手里捧着的,正是一只体积很大的左旋海螺。

我走向这座寺庙,绕过一些核桃树,走上庙前的小石桥,寺院的大门出现在我眼前时,那个红衣喇嘛已经站在寺院门口了。他说,昨天晚上,火塘里的火笑得厉害,早上,他扯了一个索卦,便知道今天有贵客上门。于是,他弯下腰,双手平摊,做了一个往里请的手势。他把我引到旁边一个厢房里。

在外边强烈的太阳光线下走动久了,刚进到屋里,眼前一片黑暗。我摸黑坐下,听到喇嘛鼓起腮帮吹气的声音。然后,一团暗红的火从屋子中央慢慢亮起来,先是照亮了火塘本身,然后,照亮了煨在火边的茶壶,茶壶里传出吱吱的水声。喇嘛把一碗热茶捧到我面前。这时,我的眼睛已经适应了屋里的光线,什么都可以看见了。

喇嘛又说:"喇嘛穷,庙子小,客人请多担待。"

我说:"你的庙是有来历的,又在这神山下面,可我不是什么贵客。"

他端详我一阵,说:"你的眼睛,是能看穿好多事情的,如今世道不一样了,如果是在早先,肯定也是出家人,肯定做出大的学问来,你是贵客,是贵客!"

想想也是,要是没有五十年代以后藏族社会所经历的巨大变迁,我这种喜欢与文字为伍的人,如果不是进入僧侣阶层,又如何与书面文化发生联系呢。但是,历史没有假设。所以,当那个巨大变化来临后,我,和我这一代人,都大面积地进入了国家举办的各种教授汉文的学校。

我终于成了一个靠操弄汉字为生的藏族人,细想起来,也真是一件非常有意思的事情。喝了两碗茶水后,我终于向喇嘛提出了野人的问题。

喇嘛笑了,他说:"你怎么不问我寺庙的事情呢?人人都要问这个问题的。"

我看看这简陋的寺院,摇了摇头,其实,这个寺庙除了简陋,还特别复杂,住在庙里的人,怕是没有一个人能说得清楚,这一点,在后面我们还要讨论到,所以,我依然向他提出那个野人的问题。

他站起身来,说:"这种事情,我还多少知道一点。"

我说:"这些山里有过野人吗?"

他点点头说:"有过,有过。"于是,他的脸上浮现出夸张的神秘,"你等一等,我给你看样东西。"

于是,他拿起一串钥匙,走开了。我在这间隙里打量这间屋子。屋子是一些新旧不一的木板装成的。板壁上贴着一些印刷出来的佛像与佛经故事画。这些故事画都取材自《百喻经》,讲的无非是佛祖释迦牟尼成佛前所经历了的许多次轮回的故事。

但这里,最初却是与佛教斗得你死我活的苯教的一个中心地区。正是从莫尔多山上一百零八个山洞里发掘出来的伏藏,加上不断兴建的苯教寺院,改变了苯教在佛教的进逼面前步步退让的局面,而使青藏高原东北边缘的这个地带,成为苯教的中心地带。而有了书面经典的苯教的广泛传播,又进一步刺激了这一地区的文化发展。

就在我的思绪这么信马由缰的时候,喇嘛回来了。

他脸上的表情依然显得异常诡秘。我不是一个着急的人，就那么静静地望着他。

他从怀里掏出一块黄缎包裹着的东西放在我手上。

乍眼一看，这块黄绸似乎是刚才包裹上去的。黄绸是一块上好黄绸，厚实而又光滑如水。除了在寺院里，世面上是很难见到了。黄绸一层层揭开，里面露出了一个溜圆的石头。

石头本身只比鸡蛋稍大一些，但却显出加倍的重量。

与这簇新的黄绸不同，石头是很有些年头的样子了。说明这绝不是一颗寻常的石头。石头通身显出一种油浸浸的黑，而且拿在手里，又有一种非同一般的光滑。

喇嘛说："这可是我们寺院的镇寺之宝。"

我笑了，为了这喇嘛的故弄玄虚。这是一座佛寺，而不是伊斯兰的寺院。只有伊斯兰的麦加的一所清真寺，才有一块黑色的石头被当成镇寺之宝。一个是因为那石头来自天外某星体，也因为，伊斯兰是没有偶像供崇拜的教派。而佛教，尤其是藏传佛教，那么复杂庞大的差不多每一个神佛，都有具体的偶像，被供奉在不同的地方。而每一个寺院，要表示其地位与来历，都至少会有一两件镇寺之宝。那些镇寺之宝，要么是一尊有来历的佛像，要么是一些集中了最多金银珠宝的某一世活佛的灵塔。

我从来没有听说过，有某一座寺庙里会把一块石头当成镇寺之宝。虽然，这块石头看起来有些不大寻常。它比别的石头更重、更黑、更圆润。

喇嘛等我好奇够了，才有些得意地一笑，说："这是野人的石头。"

"野人的石头？"

喇嘛点点头，告诉我，这是野人的武器。打野牛，打豹子，打野猪，一打一个准，而且，每一石头只打猎物的额心，所以，石石毙命。

喇嘛还给我讲了一个传说中一家穷人发财致富的故事。

这个故事与藏族人喜欢使用的豹皮有关。

当年，吐蕃大军刚刚征服嘉绒时，军队里的军官都是以胸前斜襟上的兽皮来识别军阶。但凡斜襟上佩有豹皮者，都是孔武的军官或武士。于是，豹皮成了男人们十分喜欢的珍贵之物。豹子这类猛兽，即或在过去的时代，也不会有很多数量。冷兵器时代，要猎获这种猛兽并不是一件特别容易的事情。豹皮成了一种很珍贵值钱的东西。流风所至，直到今天，豹皮也还是一种非常珍贵的东西。而且，比过去任何时代都显得更加珍贵了。

这个故事说，野人喜欢上了山下村子里一个被休回娘家的女人。被休的女人总是显得非常愤懑。但是，故事里没有讲是不是因为这种愤懑，使山上的野人爱上了她。一个没有月光的夜晚，野人下山来掳走了这个女人。

没有人看见这个野人下山，只是第二天发现，那个女人音信全无。但是人们在她的床前发现了两张豹皮。豹皮上，没有被火枪打过，没有被箭射过，也没有被刀砍过的伤痕。那是两张最完整的豹皮。

人们抬头看看山，知道那是野人所为。

女人被野人掳上山去，做了野人的洞中主妇的故事，已经不是发生一回两回了。

只是这一回，这家人遇上了一个好野人。每隔一段时间，家里的某个地方，就会出现一张两张的豹皮。于是，这家便靠着出售豹皮慢慢地富裕起来。好多年过去以后，这家人屋顶上一次性地出现了两捆豹皮。其中一捆中间，包裹了一个刚刚出生不久的小男孩。

这个小男孩长大以后，成为一个身材高大，性情温和，但却异常勇敢的武士。

史称豹子武士。

我不能肯定这个故事的发生地就在莫尔多山区,也不能肯定这些河谷平畴中的山村中的某一处,有这个豹子武士的后裔。我只相信,所谓野人绝不是一个好事者杜撰出来的虚妄的存在。至少,在过去,在这些荒凉的地带还被无边的森林所覆盖的时代,野人应该是一种实实在在曾经的存在。

文章写到这里,我接到现在居住在成都的萧蒂岩先生的电话,说他在商业上很成功的夫人陈女士要在西郊的鸵鸟园请我吃饭。

萧先生写过前述关于西藏野人,或者国际上通称的喜马拉雅雪人的书,还出任过中国野人研究会副会长,正是这个原因,促使我关了电脑欣然应约。

鸵鸟园中果然饲养着一些比牦牛还要高大的鸵鸟。我们在旁边的楼里喝茶神聊。其间,我不经意中提到了那块野人的石头。

萧先生细小而有神的眼睛陡然放出更多的光亮:"你真的见过那种石头?"

"那石头真是野人的武器。"

萧先生说:"我搞野人研究多年,没有见过这种东西,但我知道有这个东西。"

他说,这种石头应该是一种坚硬的燧石。野人常常将其夹在腋下,遇到猎物,扔出去,百发百中,而且都是直取额心命门。没有哪一种野兽在这猛力一掷之下再得生还的道理。石头扔出去了,野人还要将其捡回来,夹在腋下,日久天长,油汗浸润,就成了我见过的那种样子。

这些故事,那个喇嘛并没有告诉我。

在嘉绒地区,寻求某种风习的沿革,某一狭小地区的历史渊源,往往需要做这种拼图游戏。你不能期望在一时一地,就获取到所有的碎片,并一丝不爽地再完成必需的整合,从来藏族地区,特别是嘉绒地区地方文化史研究的人，必须永远做这种拼图游戏。

这当然不只是指单独的一个野人的传说。

即或是嘉绒这个部族名称，也是一个颇费周章，而又难以一时给以定论的事情。

露营在星光下

我在一九九九年夏天走下梦笔山的北坡,穿过大片的杜鹃花丛与更加高大的冷杉巨大的树影时,想起了山下的那个村庄。想起了那个十月的朝圣之旅。

后来,我在一块林间草地上找到了几朵鹅蛋菌。这是蘑菇中的上品。于是,我找来一些干树枝,在冷杉树下刨出一块干燥的地方,用树上扯下来的干燥的树挂引燃了一团小小的火苗。其实,在那样的野地里生火,很不容易看到火苗。我只是手感到了灼烫,看到银灰色的树挂上腾起一股青烟,就知道火燃起来了。把抗火也抗缺氧的打火机仔细收好时,干枯的树枝发出噼噼啪啪的爆裂声,我知道这火真正燃起来了。于是,我又从杉树上剥下一些厚厚的树皮投进火里,这才回身去采摘那几朵蘑菇。

这种蘑菇顶部是漂亮的黄色,从中间向四周渐次轻浅。那象牙色的肉腿却是所有菌类里最最丰腴的。我准备好了用猎人的方式来享用一顿美餐。

在大山里,时间的流逝变慢了,我等待着那堆火树枝燃尽,在那些通红的炭屑上,我就可以烤食新鲜蘑菇了。

我用小刀把黄色的菌子剖成两半,摊放在散尽了青烟的火上,再细细地撒上盐和辣椒面,水分丰富的菌子在火炭上烧得冒着水泡,吱吱作响。当水分蒸发掉一多半后,吱吱声没了,一股清香的气息四处弥漫。

我像十多年前打猎时烧菌子果腹时那样吞咽着口水,然后把细嫩的菌子送进嘴里。多么柔软嫩滑可口的东西啊！山野里的至味之物，我们久违了！

吃完两大朵菌子，我从树下抠起大块的湿苔藓把火压灭，继续往山下走去。我走的是一条捷径，不一会儿，我又穿出森林，来到公路上。一辆吉普车驶来，我招招手，吉普车停了下来。开车的是个外地的商人，这个季节，到山里来四处收购药材与蘑菇。

他希望我走得远一些，好跟他一路搭伴，但我告诉他只坐到山下那个叫做纳觉的寨子边上。

我只打了个小小的瞌睡，那个寨子一幢幢覆盖着木瓦的石头建筑就出现在眼前了。正午刚过不久的时分，寨子显得很安静。几辆手扶拖拉机停在公路边上。地里有几个在麦子中间拔草的女人。寨子对面的山坡上，那些沙棘与白桦树间，飘扬着五彩的经幡。

再往下不远的溪水上是一座磨坊。

地里拔草的女人们直起腰来，手搭凉棚，顶着耀眼的阳光向我张望。这时，要是我渴我饿，只需走到某一户人家的门口，地里的女主人就会放下活计赶回家来，招待我一碗热茶，一碗酥油糌粑。或者还有一大碗新鲜的酸奶。

但我只是向这些女人挥了挥手，便转身顺着一排木栅栏走到通往查果寺的那条小路跟前。

离开公路几步，打开栅栏门，我进入了一片麦地，麦子正在抽穗灌浆，饱满的绿色在阳光下闪闪发光。一种令人心生喜悦的光芒。夏天的小路潮润而柔软。

穿过麦地，走出另一道面向山坡的栅栏门，我就到一片开满野花的山坡上了。那些鲜花中最为招眼的，是大片的紫花龙胆。

小路蜿蜒向上，当我走出一身细汗的时候，隔着一道小小的山梁，便已然听到了寺庙大殿前悬挂的铁马在细细的风中发出一连串悦耳的叮当声。我不是一个佛教徒,但这清越的声音仍然给我一种清清泉水穿过心房的感觉。

然后是几株老柏树高高的墨绿色的树冠出现在眼前,我不由得加快了脚步,于是,那座在嘉绒声名远播的寺庙便出现在眼前了。

但是,除非亲历此地,没有人相信一个如此声名远扬的寺院会是如此素朴,素朴到有些简陋的程度。我这样说,是拿在并不富庶的藏区那些金碧辉煌,僧侣众多的寺庙相比较。这样一个简朴的寺院深藏于深山之中,在一片向阳的山坡上,只是一座占地一两亩的建筑。我想,作为一个精神领地的建筑,本应就是这般素朴而又谦逊的模样。

要不是回廊里那一圈转经轮,要不是庙门前那个煨桑的祭坛正冒着股股青烟,柏树枝燃烧时的青烟四处弥漫,我会把这座建筑看成深山里的一户人家。

我久久地站在庙前,一边聆听着檐上的铁马,一边往祭坛里添加新鲜的柏枝。

这时我听到身后响起爽朗的笑声。转身时,一个老喇嘛古铜色的脸上漾开了笑容对我合起了双掌。他的腕上挂着一串光滑的念珠,腰上是一把小刀般大小的钥匙。

他说:要我开开大门吗?

我说:谢谢。

然后,我跟着他踏进了回廊。他走在前面,我一一地推动着那些彩绘的木轮,轮子顶端一些铜铃叮叮当当地响起来。转行一圈,那些经轮还在吱吱嘎嘎地旋转。喇嘛为我打开了大门。在他打开的这个殿里,我的目光集中在那座素朴的塔上。

塔身穿过一层楼面,要在上一层楼面才能看到逐渐细小的塔尖。而在这层佛殿里,所能看到的,就是佛塔那宝瓶状的肚子。这是一座肉身塔。塔身里就供着阿旺扎巴圆寂后的肉身。

在塔肚的中央部分,开了一扇嵌着玻璃的小小的窗口,喇嘛说,从这个窗口可以看到阿旺扎巴的肉身。当地老百姓都相信,阿旺扎巴的肉身在他的生命停止之后很长一段时间,还在生长指甲与毛发。这种传说多少有点荒诞不经,而且,不止是在这个地方,在藏区很多地方,针对不同的高僧与活佛,都有相同的故事版本。所以,我谢绝了喇嘛要我走到那扇小窗口前去向里张望的邀请。

只是在塔前献上了最具宗教意义的一条洁白哈达。

然后,就站在那里定定地向塔尖上仰望,在高处,从塔顶的天窗那里,射下来几缕明亮的光线。光线里有很多细细的尘埃在飞舞。几线蛛丝也被那顶上下来的光线照得闪闪发光。

我喜欢这个佛殿,因为这里没有通常那种佛殿叫人透不过气来的金碧辉煌,也没有太多的酥油灯燃烧出来的呛人的气味。

更因为那从顶上透下来的明亮天光。

光芒从顶上落下来,落在我的头顶,让人有种从里向外被透耀的感觉。当然,我知道这仅仅是因为有了此情此境,而生出来的一种特别的感觉。

当我走出大殿后,这种感觉就消失了。但我相信,这样素朴的环境更适合于我们表达对于一个杰出的古人的缅怀,适合于安置一个伟大而又洁净的灵魂。因为宗教本身属于轻盈的灵魂,那么多的画栋雕梁,那么多的金银珠宝,还有旺盛到令人窒息的香火,本来是想追寻人生与世界的终极目的的宗教,可能就在财富的堆砌与炫耀中把自身给迷失了。

喇嘛把我带到他的住处。喇嘛们的住处是一座座紧挨在一起的木头房子。房顶上覆盖着被雨水淋成灰白色的木瓦。从低矮的木头房子的数量看起来,这里应该有十多位喇嘛。但这会儿,却只有这一个喇嘛趔趔趄趄地走在我面前,带着我顺一条倾斜的小路,走到他的住处前面。

喇嘛的小房子前还用柳枝做栅栏围出了一方院子,院子辟成了小小的菜园。菜园里稀稀落落地有些经了霜的白菜。我看了一眼喇嘛,他笑了,说:"没有肥料,菜长得不好。"

我也笑了笑,说:"很不错了,一个喇嘛能自己种菜。"

夕阳衔山的时候,我吃了他煮的一锅酸菜汤。他告诉我做酸菜的原料,就是自己种的白菜。傍晚的阳光给山野铺上了一层柔和的金色光芒。在不远处的一株柏树下,一道泉水刚刚露出地表,就给引进了木笕槽里。于是,就有了一股永不停息的水流声在哗哗作响。飞溅的水珠让向晚的阳光照得珍珠般明亮。

就在这种情境中,我们谈起了阿旺扎巴。

当年阿旺扎巴离开嘉绒向地势更高的西藏进发。他所以如此,肯定也是在巫师作法那狰狞怪异的仪式中感到自己心灵的迷失。

他不是去西藏朝圣,因为在那个时代,苯教徒的圣地不在西藏,而在嘉绒地区大金川岸边的雍忠拉顶寺。温波·阿旺是要去寻找。

寻找什么呢?我想,他本人也不太清楚。当他上路的时候,心里肯定也像我们上路去寻找什么一样,有着深深的迷茫与淡淡的惆怅。

但他上路了。他上路的时候并不知道要去西藏寻找什么。很多嘉绒人都曾经和他一样上路,但最后却什么都没有找到。但是温波·阿旺比所有这些人都要幸运。因为,当他走上高原时,遇到了一群在宗教里困惑与迷失的人也在高原顶端四处漫游,在漫游中思考与寻找。

任何一种曾经清洁的宗教随着时间的流逝,都在世俗化与政治化的过程中,令人痛心地礼崩乐坏。

于是，阿旺扎巴在高原上与一群寻找的人聚集在一起，从藏传佛教的一部典籍转向另一部典籍，从一个教派转向另一个教派，但是，期待中的那种最美妙的觉悟并没有出现。最后，他们遇到了一个先于他们寻找并宣称已经找到了答案，解脱了困惑之苦的大师，于是，众多寻找的灵魂便皈依了他。

按这位喇嘛告诉我的藏历时间推算，阿旺扎巴上路的时间应该是公元一三八一年。喇嘛说，他是与另外三人一起上路的。而自打上路之后，这三个人便从我们的视野里永远地消失了。这种消失是历史一种严格的法则。

阿旺扎巴正式拜格鲁教派的创始人宗喀巴为师。

到了一四〇七年，阿旺扎巴于本教派的教义已经有了深厚的心得。于是便受大师派遣，与后来被追认为一世班禅的师兄克珠杰云游前后藏，宣喻本派教义与教法。

在十五世纪，越来越多像阿旺扎巴一样的人聚集在了宗喀巴的周围。当别的教派纪律松弛，并因为与世俗政治越来越深的执迷而日益堕落的时候，宗喀巴的新教派带来了一种清洁的精神和一种超远的目光。

于是，阿旺扎巴便皈依了。成为宗喀巴最早的八十二上座弟子之一。不久之后，青藏高原上的各个地区，都散布开了宗喀巴这些早期弟子的身影，他们要在广大的青藏高原上弘传这一新的清洁的教法。

他们要在人心中培植吸收着日精月华，生命旺盛的新的菩提。

在被后世信徒弄得云山雾罩的宗喀巴传记中，我找到了有关家乡这位前苯教巫师的记载。那是很不起眼的一个段落。这个段落说，这位前苯教巫师这时已经深味菩提精神，是一位功业日益精进的黄教喇嘛了。

于是，宗喀巴做了一个梦，梦见一株巨大的冠如伞盖的檀香树在黑云蔽天的藏区东北部拔地而起。那枝枝叶叶都是佛教教义高悬,灿烂的光华驱散了那些翻滚的黑云。

大师的梦总是有很多意味的。而且这个梦的寓言是那么明显,藏区东北,正是温波·阿旺的家乡查柯,那里是俗称黑教的苯教的繁盛地带,所以,即或在平常时候,在宗喀巴看来那地方也定会是黑焰炽天。

无巧不成书,阿旺扎巴也在相同的时候做了一个梦。他梦见两只大海螺从天上降落在他手中,于是,他便面东朝着家乡的方向吹响了海螺。海螺声深长嘹亮。阿旺扎巴请大师详梦。

大师谕示说:你的佛缘在你东方家乡。这时,阿旺扎巴已经随从大师前后凡二十八年。

于是,阿旺扎巴做好回乡的打算,来到了大师的座前。

大师赐他一串佛珠,阿旺扎巴当着众弟子的面发下宏愿,要在家乡嘉绒建立与佛珠同样数量的格鲁派寺院。而佛珠是一百零八颗。这就是说,他要回到家乡,建立起一百零八座佛教寺院。

阿旺扎巴再次穿越青藏高原时,已经是十五世纪初叶了。

就像当年宁玛派的高僧毗卢遮那一样,整个嘉绒大地上都留下了阿旺扎巴的身影与传说。他建立的一百零八座寺院中就包括了眼下供奉着他灵塔的这一座。我曾经与宗教史研究人员和地方史专家一起,循着他传法建寺的路线实地追踪他的足迹。

我不是地方宗教史的专家,也没有成为这种专家的志向和必要的学术上的训练。我只是要追忆一种精神流布的过程。

实际情形跟我的想象没有太大的差异。

在很多传说中他曾建立起寺院的地方,今天都只剩下了繁茂的草木,有些地方,荒荒的丛林中还能看见一点废墟与残墙。是的,这种情形符合我的想象,也符合历史的状况。其实,真正能找到确切地点,或者至今仍然存在于嘉绒土地上的阿旺扎巴所建的格鲁派寺院大概就是三十余所。

最后一所,在距查果寺近百公里的大藏乡,寺庙名叫达昌。

"达昌"的意思,就是完成,功德圆满。也就是说,阿旺扎巴建成了达昌寺后,便已完成了自己的誓言,功德圆满。

达昌,也许是我所见过的传说为阿旺扎巴所建的寺院里最壮观的一所。

不过,当我前去瞻仰时,那里只是很宏大的一片废墟。那所古老寺庙毁灭于"文革"。而眼前这所僻居于深山之中的查果寺,同样没有逃过"文革"的浩劫。据说,红卫兵们就曾把阿旺扎巴保全完整的骨殖从灵塔中拖出来,践踏之后,摒弃在荒草之中。后来,信徒们又将其装入灵塔。"文革"结束之后,才又重新受到供养。至今我还清楚记得,正午强烈的阳光下,我坐在达昌寺的一根巨大的残柱上,看着地上四散于蔓草中的彩绘壁画残片,陷入了沉思默想。

后来,达昌寺的住持从国外回来,重新建立这座寺院,我一个出生在寺院附近的朋友,常常来向我描绘恢复工程的进度。我还听到很多老百姓议论这个住持的权威与富有。

过了一段不是太短的时间,终于传来了重建寺院已经大功告成的消息。据说,寺院的开光典礼极一时之盛。不但信众如云如蚁,还去了很多的官员与记者,甚至还去了一些洋人。但我没有前去躬逢其盛。我想阿旺扎巴当年落成任何一座寺庙时,都不会有这样的光彩耀眼。要知道,他当时是在异教的敌视的包围之中传播佛音,拨转法轮的啊!

达昌在举行盛典的那些日子,我想起的却是这个清静之地,而且,很少想起那座灵塔。眼前更多浮现的是那些草地与草地上的柏树,想起柏树下清澈的泉水。

而在今夜的星光下,我听着风拂动着柏树的枝叶,在满天星光下,怀念一个古人,一个先贤,他最后闭上眼睛,也是在这样的星光之下。虽然,那是在中世纪的星光之下,但对于整个宇宙来说,就算是一千年的时光流逝又算得了什么呢?

是的,今夜满天都是眼泪般的星光,都是钻石般的星光。

在这样晴朗的夜晚眺望夜空,星光像针一样刺痛了心房里某个隐秘的地方。

我就在柏树下打开睡袋,露宿在这满天寒露一样的星光之下。快要入睡前,我还要暗想,这些星光中是否闪烁着智慧的光芒,而且这智慧又能在这样一个月白风清的夜晚,降临在我的身上。

从乡村到城市

从卓克基沿梭磨河而下,短短的九公里路程中,河流两岸,是一个又一个美丽的嘉绒村庄。查米村那些石头寨子,仍然在那斜斜的山坡上紧紧地聚集在一起,笼罩着核桃树那巨大的阴凉。村子前宽阔的柏油马路上,汽车轰轰隆隆地来来往往,但咫尺之间的村子依然寂静如常。浓荫深重,四处弥漫着水果淡淡的香气。

再往下走,在河的对岸,河谷的台地更加低矮宽广。在广阔的田野中间,嘉绒人的民居成了田野美丽的点缀。墙上绘着巨大的日月同辉图案,绘着宗教意味浓重的金刚与称为雍忠的卍字法轮的石头寨子,超拔在熟黄的麦地与青碧的玉米地之间。果园,麦地,向着石头寨子汇聚,小的寨子向着大的寨子汇聚,边缘的寨子向着中央的寨子汇聚。于是,有了这个叫做阿底的村子。

然后是查北村,然后是被人漠视到叫不出名字的村子,但自己却安然存在的村子。

在这些村子,过去的时代只是大片的荒野,而在这个世纪的后半叶,嘉绒土地上的土司们的身影从政治舞台上,转过身去,历史深重的丝绒帘幕悬垂下来。他们的身影再次出现,作为统战对象出现在当代的政治舞台上时,过去的一切,在他们自己也已是一种依稀的梦境了。历史谢了一幕,另一重幕布拉开,强光照耀之处,是另一种新鲜的布景。

就在我这个下午依次走过的几个村子中间,从二十世纪五十年代到九十年代,一座座新的建筑开始出现,兵营、学校、加油站。叫做林业局的其实是伐木工人的大本营。叫做防疫站的机构在这片土地上消灭了天花与麻风。现在,有着各种不同名目的建筑还在大片涌现。这些建筑正在改变这片土地的景观。但至少在眼前这个时候,在离城不远的乡村里,嘉绒人传统的建筑还维持着嘉绒土地景观的基本情调。

我希望这种基调能够维持久远,但我也深深地知道,我在这里一笔一画堆砌文字正跟建筑工匠们堆砌一砖一石是一样的意思。但是,我的文字最终也就是一本书的形状,不会对这片土地上的景观有丝毫的改变。我知道这是一个设计的时代,在藏族人新成长起来的知识分子中,我希望在相关部门工作的我的同胞,把常常挂在嘴边的民族文化变成一种实际的东西,我一直希望着在这片土地上出现一种新型的建筑,使我们建立起来的新城市,不要仅仅只从外观上看去,便显得与这片土地格格不入,毫不相关。

很多新的城镇,在从四川盆地到青藏高原这些渐次升高的谷地中出现时,总是显得粗暴而强横,在自然界面前不能保持一种谦逊的姿态,不能或者根本就没有考虑过要与周围的自然和人文环境保持一种协调的姿态。

但在进入这些城镇之前的村庄,却保持着一种永远的与这片山水相一致的肃穆与沉静。我常常想,为什么到了梭磨河谷中,嘉绒的村庄就特别美丽了呢。我这样问自己,是因为梭磨河是我故乡的河流?我害怕是因为了一种特别的情结,因而作出一种并不客观的判断。现在我相信,这的的确确是一个客观的判断。

马尔康,作为一个城镇,在中国土地上,大多数情况下,是一个不为人知的地方。但就是这样一个地方,也像是进入中国任何一个城镇时一样,有一个城乡结合的边缘地带。在这样一个边缘地带,都有许多身份不太明确的流民的临时居所,也有一些不太重要的机构像是处于意识边缘的一些记忆碎片。流民的临时居所与这些似乎被遗弃但却会永远存在的机构,构成了一种特别的景观。在这种景观里,建筑总是草率而破旧,并且缺乏规划的。这样的地方,墙角有荒草丛生,阴沟里堆满了垃圾。夏天就成了蚊蝇的天。这样的地带也是城市的沉沦之地。城镇里被唾弃的人,不出三天立马就会出现在这样的地方。这样的地方,在中国的城镇与乡村之间,形成一种令人绝望的第三种命运景观。

一个城市如果广大,这个地带也会相应广大;一个城市小,这个地带也会相应缩小,但总是能够保持着一种适度的均衡。

在进入马尔康这个只有半个世纪历史的城镇时,情形也是一样。

马路两边出现了低矮的灰头土脸的建筑。高大一些的是废弃的厂房,一些生产过时产品的厂房,还有一些狭小零乱的作坊。更大一片本来就像个镇子的建筑群落,曾经是散布在所有山沟里的伐木场的指挥中枢,现在,也像是大渡河流域内被伐尽了山林的土地一样显得破败而荒凉。在这里,许多无所事事的人,坐在挤在河岸边棚屋小店面前,面对着一条行到这里路面便显得坑坑洼洼的公路。一到晴天,这样的公路虽然铺了沥青,依然是尘土飞扬。

这种情形有时像一个预言。这个预言说,没有根基的繁华将很快破败,并在某种莫名的自我憎恶中被世人遗忘。

我希望在地球上没有这样的地方,我更希望在故乡的土地上不存在这样的地方。因为每多一个这样的地方,就有一大群人,一大群不能左右自己命运的人,想起这里,就是心中一个永远的创伤。

马尔康也像任何一个中国城镇一样,一过了这样一个令人难堪的地带,一个由一批又一批人永不止息,刻心经营的明亮整洁,甚至有点堂皇的中心就要出现了。

这中心当然漂亮。

这种漂亮当然不是跟纽约,跟巴黎,跟上海相比,而是自己以为,并且让我们也认同的一种相比的整洁,相对的气派和相对的堂皇。比如露天体育场,比如百货大楼,比如新华书店,比如政府的建筑所形成的一个行政中心。而我所说马尔康的漂亮更多的还是指穿城而过的河流。中国有许多城市都有河流或别的水面。但总是一些被污染的水体。要是那些水体没有被污染的话,这样的河流是不值得夸耀的。但是,当中国所有有名的河流与水面都受到严重污染的时候,我们就有理由为这条穿城而过的湍急的河流的清澈感到自豪了。

清澈的河水总是在河道里翻涌着雪白的浪花。

有了这条河,就有了这个顺河而建的狭长山城架在河上的三道不同样式的桥梁。有了桥,整个镇子就有了自然的分区与人工的连接。因为中国人在城市的构造上最不懂得体现的就是分区,不懂分区,当然也就不懂得连接。中国人的连接就是所有东西都紧贴在一起。

在四川另一个藏族自治州首府,前些年的一次水灾造成了巨大的损失。据说,这种损失本来是可以避免的。但是,当地有人忽发奇想,在内地已经被认识到巨大危害的向湖泊要地,向大海要地,向河流要地的做法,在这里再一次可悲地重复了一次。

人们耗费巨资在穿城而过的湍急的河上盖起了水泥盖子,水泥盖子上面建起了市场。在设计者的想象中,河水会永远按照他们的意思在盖子下面流淌。但是,自然界遵从的是一种非官方、非人智的规律,于是,一个洪水暴涨的晚上,洪水和洪水下泻时带来的树木与石头，把径流有限的河道给堵起来了。洪水便涌到地面，在原来规划为街道和居民区的城里肆意泛滥。我在电视里看到过灾后的景象。

其实，就算不发生这样的洪水，他们也不该把河面封闭起来。

因为，他们不该拒绝河流提供的公共空间，以及流水带给这个城镇的特别美感。

因为，这些处于中国社会边缘的城镇所以显得美丽，并不是因为建造它们的人有了特别的规划与设计，而是因为周围的自然赋予的特别美感。

我的家乡马尔康的情形也是一样。城里并没有特别的建筑让我们引以为豪。

穿城而过的梭磨河上四季不同调子与音高的水流声，是所有居民共同倾听的自然的乐音。每一个倚在河岸栏杆上凝神的人，都会听到河水的声音是如此切合地应和着时时变化的心境。与河相对的是山。山就耸峙在河的两边。

那两边是乡野与森林的景色。

特别是在河的左岸，大片的树林从高高的山顶直泻而下，并在四季中时时变化，成为我们在镇子里生活中抬头就可以看见的一个巨大画幅。冬天，萧瑟的树林里残雪被太阳照得闪亮发光。落叶们躺在地上，在积雪下面，风走上山岗，又走下山岗。春天来临时，先是野桃花在四野开放，然后，柳树发芽，然后是白杨，是桦树，依次地从河边绿向山顶。五月，最低处的杜鹃开放，然后，就是浓荫覆地的夏天了。

夏天因为美好，所以总是短暂。

最是秋天的山坡让人记忆久远。那漫坡的白桦的黄叶，在一年四季最为澄明的阳光照射下，在我心中留下了这世间最为亮丽与透明的心情与遐想，现在，我回来，正是翠绿照眼的夏天。一切都还是原来的样子。如果有一点的变化,那就是街上的人流显得陌生了,因为很多很多的朋友,也像我一样选择了离开。如果你在一个地方没有了亲人与朋友,即便这个地方就是你的家乡,也会在心理上成为一个陌生的地方。

不止是马尔康,在嘉绒藏区,在所有这些近半个世纪仓促建立起来的城镇中,早年间人们心中那种飞扬的激情正在日渐淡化,于是,发展的缓慢与觉醒的缓慢压迫着那些社会机体中活跃的成分,于是,他们选择了离开。我也是其中的一员。

人群在我眼里变得陌生了,但整个人流中散发出来的那种略显迟缓的调子却是熟悉的。这是一种容易让青年人失去进取心的调子,是一个健康的社会应该摒弃的调子。但是,强烈的日光落在街边的刺槐上,落在有些灰头土脸的柏树上,那团团的阴凉,不知为什么却给我一种昏昏欲睡的情调。

我热爱的这个镇子还在等待,但没有人知道,要在一个什么样的机遇下,所有的人们才会面对自己的前途和这个地区的前途而真正兴奋起来。

看望一棵榆树

在马尔康镇上,我真正要做的只有两件事情。

其中一件,是去看一棵树。

是的,一棵树。据说,这棵树是榆树,来自遥远的山西五台山。

居住在马尔康的近两万居民中,可能只有很少很少的人知道,这棵树的历史与马尔康的历史怎样的相互关联。

这棵树就在阿坝州政协宿舍区的院子里。树根周围镶嵌着整齐洁净的水泥方砖。过去,我时常出入这个地方,因为在这个院子里,生活着好些与嘉绒的过去有关的传奇人物。解放以后,他们告别各自家族世袭的领地,以统战人士的身份开始了过去他们的祖辈难以设想的另一种人生。

那时,我出入这个院子,为的是在一些老人家里闲坐,偶尔从他们的只言片语中,会透露出对过去时代的一点怀念。我感到兴趣的,当然不是他们年老时一点怀旧的情绪。而是在他们不经意的怀念中,抓住一点有关过去生活的感性残片。我们的历史中从来就缺少这类感性的残片,更何况,整个嘉绒本身就没有一部稍微完备的历史。

那时,我就注意到了这棵大树。因为这是整个嘉绒地区都没有的一种树。所以,我会时时在有意无意间打量着它。

一位老人告诉我,这是一棵来自汉族地方的树,一棵榆树。是很多很多年前,一个高僧从五台山带回来的。

我问："这个高僧是谁？"

老人摇摇头，说："我也不晓得，那是很久很久以前的事了。"

我常去的那幢楼的一边是院子和院子中央的那棵榆树，而在楼房的另一边，是有数千座位的露天体育场。这个地方，是城里重要的公共空间。数千个阶梯状的露天座席从三个方向包围着体育场。而在靠山的那一面，也是一个公共空间：民族文化宫。文化宫的三层楼面，节日期间会有一些艺术展览，而在更多的时候，那些空间常常被当成会场。当会开得更大的时候，就会从文化宫里，移到外面的体育场上。

我想，中国的每个城市，不论其大小，都会有相类的设置，相似的公共空间。如果仅仅就是这些的话，我就没有在这里加以描述的必要了。虽然很多在这城里待得更久的人，常常以这个公共场所的变迁来映照，来浓缩一个城市的变迁。说那里原来只是一个土台子下面一个尘土飞扬的大广场。现在文化宫那宏伟建筑前，是一个因地制宜搞出来的土台子，那阵子，领导讲话站在上面，法官宣判犯人也站在上面。等等，等等，此类话语，很多人都是听过的。而当我坐在隔开这个体育场与那株榆树的楼房里，却知道了这块地方更久远一些的历史。

这段历史与那株榆树有关，也与这个山城的名字的来历有关。

曾经沧海的老人们说，在体育场与民族文化宫的位置上，过去是一座寺庙。寺庙的名字就叫马尔康。那时的寺庙香火旺盛，才得了这么一个与光明有关的名字。

马尔康寺曾经是一座苯教寺庙。

乾隆朝历经十多年的大小金川战乱结束之后，因为土司与当地占统治地位的苯教互相支持，相互倚重，战后乾隆下令嘉绒地区，特别是大渡河流域的所有苯教寺庙改奉佛教。马尔康寺中供奉的神像才由苯教的祖师辛饶米沃改成了佛教的释迦牟尼与格鲁派戴黄色僧帽的大师宗喀巴。

马尔康寺改宗佛教之后，依然与在两金川之战中得到封赏的本地土司保持着供施关系，卓克基土司的许多重大法事，都在这个庙里举行。

那时候的马尔康寺前，是一个白杨萧萧的宽广河滩。最为人记取的是，每年冬春之间，一年一次为本地区驱除邪祟，祈求平安吉祥的仪式就在庙前举行。每次，信徒中都会有不幸者被作法的喇嘛指认为"鬼"，而被驱赶进冰冷的梭磨河中。在那样的群众性集会上，不幸者领受死亡之前，还要领受非人的恐惧，而对更多的人来说，那肯定是一种野蛮而又刺激的游戏。

宗教每年都会以非常崇高的名义提供给麻木的公众一出有关生与死，人与非人的闹剧。

人们也乐此不疲。

现在，在这个地方，最能刺激人的就是现在的体育场上偶尔一次的死刑宣判了。在那里，人们可以从一个深陷于死亡恐惧的人身上提前看到死亡的颜色，闻到死亡的气味。时代变了，那些被宣判的人的死亡不是别人的选择，而是他们内心的罪恶替他们的生命作出的选择，但是，世世代代，看客的心理却没有多大的变化。

给我讲故事的老人中，有一两位，在过去的时代，也是掌握着子民生杀予夺大权的。但是，现在他们却面容沉静。告诉我这个广场上曾经的故事。他们告诉我说，现在政协这些建筑所在的地方，就是马尔康寺的僧人们日常起居的居所。

其中，有一位喇嘛去五台山朝圣，回来时就有了这棵树。

关于这棵树，老人们有两种说法。

一种说，是那位喇嘛在长途跋涉的路上，折下一段树枝作为拐杖，回来后，插在土里，来年春天便萌发了新枝与嫩芽。这就是说，这株树不远千里来到异乡,是一种偶然。

持第二种说法的是一位故去的高僧,他说,那位喇嘛从五台山的佛殿前带回来一颗种子,冬天回来,他只要把那粒种子置于枕边,便梦见一株大树枝叶蓬勃。自己详梦之后,知道这是象征了无边佛法在嘉绒的繁盛。于是,春天大地解冻的时候,他在门前将这颗种子种下。

现在,树是长大了,但是,佛法却未必如梦境所预示的那般荫蔽了天下。

马尔康寺在五十年代开始衰败,并于六十年代毁于"文革"。于是,原来的那些僧人也都星散于民间了。只有这株树还站在这里,在一个逼仄的空间中,努力向上,寻求阳光,寻求飞鸟与风的抚摸。有风吹来的时候,那株树宽大的叶片,总是显得特别喧哗。

被机器所审视

据我对机器的有限了解,就是它们不像人看一遍没看清楚,揉揉眼或擦擦眼镜再看几眼。它们是一看一个准的。这便是机器冷酷的精确性。当然,它们与我们更大的不同,就是从不试图去看它们看不清楚的东西。

病人中间有一句常人不会心自然也不觉得好笑的笑话:看中医是看医生,而看西医是看机器。由此可见,病人发明的笑话多半不好笑,病人只要不怨天尤人,表现出对幽默感的追求就很不错了。至于幽默感能否发挥出来,发挥到怎样一个程度就不必苛求了。

况且,这句话还是说出了看病的人面临的部分实际情形。譬如去看西医,你连医生面容都未及熟悉,他就埋下头往电脑上敲几个字,然后机器把这几个字吐在一张纸上,有经验的病人都知道,这是一张前去拜会某台机器的通行证。我也算是个有经验的病人,如果在电脑里玩偷菜,这些经验可以升级获得再开一块荒地的资格了。上周四,去看朋友介绍的一个新医生。寒暄毕,他就开出了这么一张新单子。

我知道,又要去拜会某种机器了。

这张单子在由众多分科——诊断室、检查室和电梯、楼层、廊道构成的迷宫般的构成中标示出一种肯定的去向。我到达的是放射科碘造影室。造影室?反正我不会误以为是有人要替我画一幅素描或漫画。就像从手术室出来,右腹部那条蜈蚣状的伤疤我不会误认为是精心绘刺的文身,虽然心情好时瞧上去的确也像个精致的文身。

好了,回到医院里来,进入规定的流程吧。把单子递进某一间半开着门的屋子,里面活动着一些面目不清的人,他们都穿着白衣服,我认为他们就是我将要拜会的那台机器与我之间的翻译,或信使。信使给我一个号码,如果有人呼叫这个号码就是告诉我终于轮到与机器约会了。

我忘记自己的名字,记住这个号码,警醒着等待自己被呼叫。等到上面闪烁着一盏红灯的厚重的门打开,让我进去拜会那机器。更准确地说,是去被机器审视,被冷冰冰的机器任意审视。

不对,那不是一些机器,简直就是科幻电影中的智能机器人。不然,它们怎么能把你的五脏六腑看得一清二楚?这些机器看上去冷冰冰的,却自有一种扬扬自得的味道。坐在放射科幽深走廊的某条长椅上,等待被机器扫描的时段,想起了拜会过的那些机器。B超啊、X光机都不屑去说了,是前科幻电影时代和宇航时代以前的低级发明,这些机器至多带着一点稍嫌落伍的时代感。我所说的起码是CT,那才是具有未来感的机器。虽然这类机器还是由人来操纵,但这人让你躺在一张硬邦邦的床上就消失了,让你独自面对一台巨大的、看起来比身下这张床更硬更冰凉的机器。其实,这张床也是这台巨大机器的一部分,是这台机器有力的下腭,如果它想活吞了你,只消稍稍抬一抬下腭就可以了。只消把下腭和同样坚硬的上腭合在一起,轻轻错动一下,"咕吱"一声,一个人就香消玉殒了。但是,CT机没有这么做,它只是俯下身来,嗡嗡作响。提示你它开始工作了——开始扫描你,开始审视你了。某个地方,还有一盏灯闪烁着,同时嘟嘟作响。这让人有点害怕,害怕发生科幻电影中出现过太多次的场景：这台显然有着某种程序性智慧的机器突然获得自主意识，那个在你胸腹上来回观测的镜头中突然伸出一双锋利的剪刀手。

相对于CT来说，做核磁共振的机器更具科幻感。它也有一张床。如果说这床在CT像下腭，这台机器则相当于一条舌头，当你脱去太多的衣服——科幻电影中的人通常都穿得很少——躺到那张床上，它就把舌头缩回口中，你也就随之滑入了一个灰白色的穹隆里。先是头，其次是上半身，再其次是下半身。不知道这穹隆算是这机器的大口，还是它的腹腔？好在这台机器并不疯狂，只是按规定的程序在运行。穹隆顶上灯光闪烁，让人有强烈的被审视感，从里到外无一遗漏地都被看见。于是想起昨晚淋浴时某个角落没有太仔细打扫。与我的沮丧相比，机器简直是得意扬扬，得意地发出某些磁力与光波在宇宙中穿梭时那种规律的声响，并不断改换着节拍。照理说，我们的耳朵听不到这些光啊波啊的声响，但电影让我们听到了这样的声响，所以现在我才有了这样的联想。现在，一些无所不至的光或波正在穿越身体。那么庞大的机器，那么好的穿透性。你的身体被一台机器一览无余，以至于你不相信它只是一台机器。

差点忘了交代一个细节，进到这个穹隆之前，被扫描的人还要戴上一副耳罩。你被告知是为了防备机器发出的那些声音太过刺激。此时耳机里却传来指令：呼气—吸气—吸气—屏气！直到你感觉到下一秒钟就要憋死，耳机里才传来新指令：呼吸！两三分钟后，这个过程再循环一次。在那样一个逼仄的空间里，或者说在一台所有地方都坚硬冰冷的机器里面（口里？肚子里？），机器再次启动，再次嘀嘀、噼噼、叽叽、嘟嘟地响起来……躺在那个地方，我想起了那本叫《1984》的小说，觉得这机器就是一个权威无从质疑的"老大哥"：呼气—吸气—再吸气—屏气！那指令本来是在另一间屋子里操作机器的人发出的,但这命令经过一些线路,在耳边响起,已经是非人的"老大哥"的声音了。

列位,这些就是我在放射科等待被另一台机器审视时唤醒的记忆。

现在一个声音把我唤醒。白衣服飘过来,把我领到另一台机器前。宽衣解带,在一张床上躺下,那种氛围叫你明白接下来不是巫山云雨,而是伸出右胳膊,静脉注射:碘。便于机器给某些器官或通道造影,也就是便于机器清楚地看见。注射完毕,人就消失了。只剩下我仰天躺着,整间房子和那台机器陷入了颇具威胁性的沉默。我想,不能叫机器吓住。我决定用观察来克服莫名的恐惧。"我决定用观察来克服莫名的恐惧",这是某个哲人说过的话吗?或者我自己想出这么一句话,证明我也有些哲人的潜质。就像苏格拉底临死还叫人记得还别人的鸡。他也是用这样的方式让自己忘掉恐惧吗?虽然背上凉飕飕的,正是可以加深恐惧所需的那种效果,但我既然作出了这个富于哲学意味的决定,就能稍微忽视一下这种不舒服的感觉,正式开始观察这台第一次谋面的新机器。首先是它灰中泛白的颜色,是世界上任何自然的景物所不具备的颜色,但越是先进的机器就越带这样的颜色。这种颜色成为机器当中一种高级别的标志:是新材料的,有功能强大的电脑芯片的。然后是质感,是一种多种金属混合的质感,甚至还混合了塑料的质感。对化学和物理学甚至是生物学为基础的未来的材料学来说,总的趋向就是把所有可以混合的东西和不可以混合的东西都混合到一起,用这种方式来证明尼采所说"上帝死了"的话不是疯话。我躺着,那台机器悬在上方,准确地说用什么东西吸附在水泥天花板的两条钢铁轨道上。机器身量庞大、沉重,从上方把身体悬垂下来,完全是一个对蝙蝠一类喜欢倒悬感的动物的仿生学设计。还有一根粗大的有着整齐环节的塑料管盘旋于坚硬的机身上,使这架机器柔中有刚，从而更具生命感。好像它不只是通上电就能运转，还要通过这根防毒面具上的管子一样的塑料管来呼吸点什么。机器通电了，运转了，慢慢降下来，它的光学镜片的独眼中间有一个黑色的十字。了解狙击枪的人都知道这是什么意思。也许是开始观察后，身心都放松了，所以我没有因为这个帮助精确瞄准的东西的出现而让我的后背更加冰凉。反倒觉得这台机器好玩，有幽默感。它悄无声息地从我跟天花板之间的半空中降下来，带十字的玻璃独眼在我胸腹之间来回游移，最初的姿态不像是来观察，来透视，而是像狗鼻子一样在嗅闻什么。我身上会有什么味道？今天早上灌进肚子的清粥小菜的味道？昨天晚上洗脚水中所加精油的味道？或者刚才注入身体的碘的味道？这只鼻子，不，这只超级眼只是小小试探一下又缩回到原来的高度。这时，一只马达开始呜呜旋转，我注意到机器上还有一台给自己散热的小风扇，但我不能确定这声音是由风扇发出来的。我们还不能很直接地描述机器，所以，不但机器的设计依据了仿生学的原理，我们对机器的描述也只得遵从这种原理。当这台机器发出呜呜声，就像是一台汽车在起步前加油，更像一头准备冲刺的公牛在蓄积即将爆发的力量。它会猛然向我撞击，撞击我刚刚经过手术的下腹部？但这种猛然冲刺的情形没有发生，接着是塑料管子做出了吞咽动作，然后发出了泄气的声音。我想问它，是什么地方憋破了。但是，我想它这样做，只是为了比过于一本正经的CT机、核磁共振机显得好玩一点。好像它也知道自己所置身的是一个一切都要好玩、都要具有娱乐性的时代。这个时代，如果法国大革命时期的断头台还要使用，可能需要装上一个讲段子的装置，让临刑的犯人哑然一笑时才落下快刀。算了，还是停止对这个时代的抱怨，继续来跟这台机器相互窥测吧。当它"扑哧"两声泄了气，可不要认为它就要休息了，不，它这才正式开始工作，前面只是热身运动。机器那只独眼变红了,默默和我对视片刻便慢慢凑近了我的肚子。此时那些碘已经进入了脏器和一些特别的通道,这个大红眼通过看见那些碘来看见我的脏器和连接脏器的管道。它看了一阵,红光消失了,缩起脖子,退回到半空中,一声不响,好像在思考,在分析,在评判。它当然不会把这些结果直接告诉我,而是通过一些我不了解的途径,告诉给屋子外面那个往我静脉里注射了碘液的人。我想,我该起来了。但是,马达又一次呜呜作响,机器在准备冲刺的时候又"扑哧"两声泄了气,红眼睛又凑拢来了。还有什么没看清楚吗?据我对机器的有限了解,就是它们不像人看一遍没看清楚,揉揉眼或擦擦眼镜再看几眼。它们是一看一个准的。这便是机器冷酷的精确性。当然,它们与我们更大的不同,就是从不试图去看它们看不清楚的东西。

如是者三四次,操作机器的人才进来,解开了压在我肚子上的扣带,我坐起身来,从一种随时可能被一台发疯的机器所攻击的窘境中解脱出来,现在却只想知道那机器看见了什么。我看着那个白衣服的操作手,现在,他是这台机器派来的信使,要宣读某种确切的判词。但这个白衣信使和气地说,明天,24小时后来取报告。

走出这幢有很多这种密室的大楼时,我一直在努力记住走廊所有的拐弯,为了明天,24小时后准时得到那份判词。同时,我听见自己有点神经质在默念:"被机器审视,被机器审视,被机器审视。"好像这是一句神奇的咒语,可以把人从某种窘迫的情境中解脱出来。一直到出了大楼,还能看见院子里那株树冠巨大的榕树上披拂着明亮的阳光。

我又想,要是写一篇文章,刚才念叨的那句话可以做文章的标题,但要加上一个字,就是"被机器所审视"。

以为麻醉剂能让我飞起来

有的人惊惧,像要入地狱;有的人沉静,听天由命;也有我这样的,忐忑而又兴奋,好像进入了一个目的地不明的始发站。

做胃镜前夜有点紧张,担心查出什么不好的东西,其实如果没有什么不好的东西,又做什么胃镜呢?

更多的却是兴奋,因为要使用麻醉剂。

问了医生又问了护士,都很肯定地告诉说,用了药后会完全昏迷过去。一直就在想,怎么样子的昏迷过去呢,跟平常的睡过去应该很不一样?那么,是飞起来,又慢慢坠落吗?飘飘悠悠地像电影《阿甘正传》中那片羽毛。那时,灵魂跟肉体是分开的吗?沉重的往下陷落,轻盈的却往上飞升。那种短暂的分离不是撕裂,而是展开一个新的平时无从意识的空间?

不知道。

但想知道。

输完液出去散步,顺便逛逛华西医大附近的新知书店。显眼的当然都是大路货,径直就往僻静处走。在一个角落,找到一套新译的法国诗歌丛书。有我在法国布列塔尼乡村旅行时随身带着的雅姆。还有亨利·米肖,二十年前吧,读过他的几首诗,从一本法国诗歌选本里。现在见一本他的小书竖在那里,不由得心生喜欢,当下就买了,躺在医院床上读起来。这是一本适合在身上有些痛楚时读的书,一本简洁的诗体游记。作者也是一个病人,带着一颗不适合旅行的心脏做长途旅行。徒步、骑马、乘独木舟,在南美洲的厄瓜多尔做长达数月的旅行。这本诗体游记就叫做《厄瓜多尔》。

这个人甚至为在旅行中折磨他的心脏写诗:

> 啊!我的灵魂,
> 是走还是留,
> 你要赶紧决定,
> 不要这样测试我的器官,
> 有时那么关注,有时又心不在焉。

我想一个病人,应该有这样的坦然。这时,已然忘记对明天使用麻醉剂时感受的想象了。

一本好书就该是这样,让人忘记一些东西,同时又唤醒一些东西。比如对病变器官的一点幽默感。

但这不是最好的阅读,最好的阅读会产生奇异的相遇感。

这个有些难眠的夜晚,奇异的相遇真的发生了。我放下了随身带到病房的书,读起了这本刚刚买来的书,竟然在三分之一还多的地方,在126页上,读到作者写于1928年3月30日的诗体日记。

他用麻醉剂让自己致幻,并把这种感觉记录下来:

> 我吸了醚。仿佛一下子被抛到了空中!多么宽广的景象!
>
> 醚的效果飞快,同时让吸它的人变得伟大,变得难以把握。吸它的人就是我。并在空间中将此人延伸,延伸,毫不吝啬,没有任何可比性。
>
> 醚以一种火车的速度到来,而且是跳跃着,跨越着到来的:就像一把以悬崖峭壁为台阶的梯子。

该死的,我对被麻醉的想象又被强烈地唤起了。这是在盼望着一次合法的致幻的体验。就像尼采所说:"你当超脱于自身之外,并且要走得更远,登得更高,直到看到群星已在你脚下。"一个被病痛困住的人容易产生这样的渴望。更多的人暂时没有病痛,也会有被生活困住的感觉,这样的渴望也在内心深处潜藏。

一觉醒来就是第二天了。

已经空腹十几小时了。饥饿让人有一种飘浮感。在去给胃造影的路上,这种飘浮感让人感觉已在致幻的边缘。手背上扎上了一支静脉注射器,里面那些透明的液体在灯下闪烁着很诱惑的光,就是它会把人带入一种特别的状态,一个从未去过的地方。

排号等候。

所有手上绑了一支静脉注射器,注射器中贮满麻醉剂的人们在排号等候。

有的人惊惧,像要入地狱;有的人沉静,听天由命;也有我这样的,忐忑而又兴奋,好像进入了一个目的地不明的始发站。

不断有麻醉后肠胃系统被内窥过的人躺在床上,躺在蓝色垫子上被推出来,大多数人昏睡不醒,被扣上一只氧气面罩后,他们慢慢睁开的眼睛里全是不知身在何处的茫然。穿蓝衣服的医生(护士?)拿着病历夹,叫着表格上的名字,把他们进一步唤醒。然后,这些从麻醉中半醒过来的人从床上下来,跌跌撞撞出门去了。一点不像去过天堂的样子。当然,也不是从地狱归来的样子。他们在门口坐下来,等待检查结果,那一纸对肉身某一部位的判词。

身体有毛病的人真多,自然,在医院的等待总是漫长。漫长的等待在销蚀我对致幻的想象。

终于我也躺到了床上。一个"蓝衣服"让我吞下一管药水,整条喉咙当即就麻木了。但我没有机会试试还能不能发声,人就被推到了有显示屏、有接在长管子上的内窥镜的机器前。一只塑料面罩来到了面前,面罩咝咝有声。我想麻醉开始了。我想,我至少要知道自己是怎么昏过去的。我还想,最好醒来后还记得昏过去的过程与体验:肉体里那个东西是飞升还是坠落。管子和管子挡住了我大部分视线。我看不到医生的脸,但能看到她脖颈上一串珍珠项链。我想,也许一切就从那些珍珠开始失去实体感,开始虚化的。

于是我决定盯紧这串珍珠。

……

再睁开眼睛,珍珠不见了,穿白衣服的医生不见了。"蓝衣服"在耳边叫:"醒了!醒了!"

我还在想:珍珠。

"醒了,醒了。"

我慢慢坐起身,说道:"完了?"

"完了!"

检查真的做完了。

"回病房吧,报告会送过去,不用自己来取!"

我看了看手上,那管药不知什么时候给推进了身体里,只剩下一支空针管用胶布贴在手背上。真的完了。那些头上有灯、有镜头的管子已经钻到胃里巡视过了。而麻醉剂只是让我迅速地昏睡过去,迅速到连怎么睡过去都没有感觉,迅速到连科幻电影中那些超时空飞行器突然加速时的那种感觉也没有出现。

没有飞升,也没有下坠。也未曾有片刻体会到灵肉分离,所体会到的无非是一个器官有毛病的人在医院照例的际遇而已。回病房时穿过院中的花园,看到一块石碑上刻写着希波克拉底的誓言。上面也只说医生要为病人解除痛苦,而并未声言要在麻醉时给病人特别的、宗教式的体验。所以作为一个病人没有什么好抱怨的。

但失望总是难免。于是,在病床上挂上输液瓶,又打开那本小书,读诗人关于致幻的体验:

然而,我的脚与腿,仿佛在那里一滴一滴地留下了我的物质重量,开始远离我,在我身体的另一端渐渐变成橡胶。

而在我的嘴巴上,出现了另外一张冰冻的嘴。

冰冻的嘴,我想,并咂咂自己的嘴唇,尝到了药物微苦的余味。

错过了蜡梅的花期

几天后,我已经走到楼下去看入院时将开未开的蜡梅了。也就十多天时间吧,满树的蜡梅已开到尾声了。浓烈的幽香还在严寒中缕缕浮动,但枝上的成串的花朵已然萎败,要看新开的蜡梅必得是来年的冬天了。

那些人形如鬼魅。

那个"L"形的狭长地段是被淡蓝的冷光所笼罩的,是生死之间的一个过渡地带。那些人形来去飘忽的时候,自然具有某种超现实的味道。

中国文学常被批评缺乏超越现实的能力,我在这么个地段彳亍时,突然相信自己找到了一种方法,就是让写作的人在合适的时刻到这样的地方观察一番,来看看如我这样的术后病人,带着起死回生的表情,在这狭长的通道中间练习重新走向沸腾生活的步伐。

合适的时间:早上六点以前,或者晚上九点以后。之后或之前,活力四射的人,心事重重的人,一身冒着俗气的人来来往往太多了。本该是在静寂中体味着什么、忍受着什么的医院,却热闹如集市。

地点:华西医科大学附属医院第二住院大楼六层肝胆胰外科。

也可以是别的医院差不多的科室。不能是肿瘤科,那里气氛一定过于绝望。也不能是妇产科,那是医院里唯一欢乐与希望能够轻易压倒痛苦的地方。那种从腹腔里拿掉点什么后人还能活过来,并且不太痛苦因而喜忧参半的地方最为合适。据我这些年进出医疗机构的经验,医院里有的是这种地方。

是的,包括我在内的那些人形如鬼魅,在华西医大附属医院第二住院大楼六层肝胆胰外科那个"L"形走廊中来来去去。

他们一个个趿着拖鞋,穿着条纹病号服,都曾被深深麻醉,都曾在堕入黑暗的时候被拿掉了身上某个器官,或某个器官的某个部分。这些人正从麻醉剂残留的威力中解脱出来,所以脸上都带着某种恍然的表情,好像都在费力地用变慢的脑子思索,且不能肯定自己是不是真的失掉了一个或某部分器官,于是脸上才带着这样迷惘的表情。他们没有见过这个失去的器官(只是通过疼痛感受过),医生开膛破肚将其拿掉之时,自己在麻醉中昏睡。刚醒过来,或者已经醒过来一小会儿了,病人还对身处何种情境一无所知,就听见教授或他的学生对我说:"完美的手术。手术很完美。"

我想说要看看从腹腔里拿掉的东西,但是氧气面罩让我失去了说话的可能。

出手术室,进电梯,从高处下降,回到病房。回到那些将要失去某个器官或者已然失去某个器官的病人们中间。

几小时前,是坐电梯上升,到陌生的手术室去,被麻醉,被利刃打开腹腔。之前,还要在手术告知书上签字,要自己承担上去了就可能一直上去而不再下来、肉体上不去了灵魂就继续飘升的"后果"。

但现在,这样的情形没有发生。

"下来了。"

"下来了。"

人还在麻醉剂制造的昏昏沉沉的余绪中,仍然听到了等待的人们如释重负的声音。

下来好像比上去容易多了。

三天后,就可以捂着伤口战战兢兢地从床上支撑起身体,扶着床栏小心挪动步子了。

并且试图走出病房。

手术之后,走出病房对我来说已是一次历险。胸腹部那道伤口不过就十几厘米,却足以使人不能走路,也不敢走路,以至于觉得自己真的不会走路了。每一个术后刚下床的病人几乎都捧着那个被开了口子,随即又缝合起来的地方。换药的时候我看了那个地方一眼,十多厘米长的一道口子,被几只钉书钉一样的金属钉牵扯在一起,像科幻片里的一只铁蜈蚣,又像一个超现实风格的漂亮文身。只是这个文身没有使人变酷。捧着它,在床边小心挪动脚步,犹如捧着一个易碎的物品,或者,自己本身就变成了一个易碎品。

因此,几次艰难挪到门口,又都以退回病房而告终。那么多没病的人熙来攘往,一个个脚步生风,高声大嗓,把走廊变成了一个凶险世界。直到晚上九点,人潮消退,病房才有了点病房的安静。手术后,病人们从床上起来了,从一间间病房向外面探头探脑一阵,然后捧着胸腹部的伤口,像捧着一件易碎品一样,捧着整个的自己,慢慢来到了走廊。

一个一个病房的门打开了,从一个一个的门洞里,冒出来一些穿着条纹服的、捧着胸腹部的战战兢兢的身影。都对探身出去将要迈出的下一个步子犹豫不决,最后,都长出一口气,对最终迈出的那一步没有踏空,既没有踏着地狱的火焰,也没有踏中天堂的祥云,而是实实在在踏在了医院走廊上而把心从伤口后面放了下去。于是,被伤痛拧紧的眉毛得以小小地舒展一下,脸上露出茫然中夹杂着庆幸的笑容。庆幸是活过来了,又在地上行走了。茫然是怎么活过来的呢？医生知道，病人不知道。上帝知道，凡人自己不知道。

但终究是回来了。重新迈开人生的步伐了。鉴于此，脸上有一点过分的郑重其事的表情是情有可原的，脸上带着点羞怯的、有些害怕的表情也是情理之中的。

我自己也捧着胸腹间的伤口迈开了步子。

先是在晚上的九点，然后，是早上的六点。和隔壁那个换肝的人，和再隔壁那个胰腺上长了某种瘤子的人在医院淡蓝色的走廊里相遇，对视，虚弱而苍白地微笑。

就这样，一天比一天多走出几步。几天后，我已经走到楼下去看入院时将开未开的蜡梅了。也就十多天时间吧，满树的蜡梅已开到尾声了。浓烈的幽香还在严寒中缕缕浮动，但枝上的成串的花朵已然萎败，要看新开的蜡梅必得是来年的冬天了。

我只看到一个矛盾的孔子

——病中读书记一

读《论语》让我明白,在一个封建意识浓重的国度,知识分子从来就处于一种极度的矛盾当中,即便是为知识分子(士)立下许多道德原则的孔子本人,也不能例外。

病痛使时间变得特别漫长。

特别是夜。灰昧不明,没有尽头。好像朝阳破云而出的时刻永远不会降临,世界从此陷入了黑暗。

也许,多病的作家写出绵长作品的原因就在于此吧。不由得想起写《追忆逝水年华》的普鲁斯特。不喜欢他的东西,最根本的原因可能就是不喜欢病。不喜欢病给人的状态,不喜欢散发着病痛气味的文本。

人不能不生病,但我不喜欢病恹恹的文体。所以不会再去读第一次就没有读完的《追忆逝水年华》,也不会读才读了三页就极不喜欢的《尤利西斯》,那是另一种病,精神上的病。

所以,现在躺在病床上重读清新的《小王子》。

这次进医院也没带《小王子》这么轻松的、有真正幽默感的书,带的是另外两本。一本是《法国与德雷福斯案件》,看过同一套书的《黑暗时代的人们》和《科学精神的形成》一套书如果编得好,彼此之间就会相互映照,相互生发。

再一本,是几年前读过的李泽厚的《论语今读》。国学不热的时候,读过;现在国学热了,热得都不是国学本身了,就想再读读。因为孔子在流行的读物中差不多成了一个心灵鸡汤的调制大师,是一个心理平衡术玩得很好的人——据大众媒体上那些搞廉价心理按摩的专家的说法。老夫子活在今天,不但可以办学收点束脩,还可以开心理门诊,给生活压力沉重、急欲逃离现实的白领金领搞心理咨询。

但,在我心中,他不是这样。

在我的理解中,孔夫子是一个有理想的、有治国之术想要售与帝王家的人。所以,学生问他有一颗价值连城的好石头,是藏在很好的盒子里呢,还是卖给一个识货的商人。孔子连声说:"卖了吧,卖了吧!"(子贡曰:"有美玉于斯,韫椟而藏诸?求善贾而沽诸?"子曰:"沽之哉!沽之哉!我待贾者也!")

问题是想卖又卖不掉,就造成了他人格上的矛盾。

有理想有抱负的时候他是可爱可敬的。他说:"笃信好学,守死善道。危邦不入,乱邦不居。天下有道则见,无道则隐。"

老夫子说:要信仰坚定,喜爱学习。不去危险的国家,离开动乱的国家。天下太平就出来继续售卖理想与治国之术,天下不太平就躲起来在什么地方。这种世故和他自己说的"道不行,乘桴浮于海"的决绝就相互矛盾。

老夫子接着说:"邦有道,贫且贱焉,耻也;邦无道,富且贵焉,耻也。"李泽厚先生翻的白话文是这样:"国家好,贫贱是耻辱;国家不好,富贵是耻辱。"看看,他并不是一味地教育人们安贫乐道。而是说,世道不好的时候,人们用正当的手段,用正常的知识赚不到钱,所以,那是"邦无道"。但是,有点文化的人甘愿为统治者说话已经很多很多年了。不过是今天说到了电视上,说到网上而已。想必他们的话还会在更简化的短信和微博上流传。

读《论语》,很多时候,就是听一个抱负难展的人在长吁短叹。

有诗意的时候,他会感叹"逝者如斯夫"。

也有讨厌的时候,比如《乡党第十》那些记述其举止做派的话。

更讨厌他说过这样的混账话:"民可使由之,不可使知之。"读到这里,便想将这书掷下了。

在官场上有小小顺利时,这个人也是很世故,很遵守官场礼仪的。

"入公门,鞠躬如也,如不容。"(李泽厚先生译文:"孔子,走进国君的大厅,弯着腰,好像容不下自己一样。")

见了国君出来,"没阶,趋进,翼如也。"(也是李译:"下完了台阶,快速前进,像鸟展翅。")那个时代,他们这样的人喜欢宽袍大袖,如果有点风,脚步又快,真会有点要飞起来的感觉吧。

依我理解,这些话,都是孔子教导学生要怎么措手足的。但他自己也是会这么做的,不然老师不会这么去要求学生。至少我们知道孔子这样的人,要求别人能做到的,自己也是一定要做到,能做到的。这一点不像今天的老师和领导,自己都不相信自己所宣讲的那些东西。

从来不相信什么儒学可以重新成为中国人精神皈依的那些昏话,也不相信断章取义加一些圆润轻浅的生发,就可以让国人焦躁的心脏得到熨帖的按摩。读《论语》倒让我明白,在一个封建意识浓重的国度,知识分子从来就处于一种极度的矛盾当中,即便是为知识分子(士)立下许多道德原则的孔子本人,也不能例外。今天的中央集权国家较之当时陈蔡卫齐之类的封建之国强大不知多少倍,无论规范与利诱的力量都难以抗拒。《论语》当中说得对的地方,人们无从做到,倒是孔子指斥过的现象倒一天天变本加厉。制度(礼)不可靠,人,包括知识分子的言与行都不会可靠。

也许外国人在这方面还坦诚一些,例如,生活在德意志封国众多时代(阿伦特称这样的时代为"黑暗时代")的莱辛这样说:"我没有义务解决我所造成的困难。或许我的观念总是有些不太连贯,甚至显得彼此矛盾,但只要读者在它们中能发现一些刺激他们自己思考的材料,这就够了。"

我同意这样的话,我读《论语》,也就是在这么一种意义上了。

读这本书的时候,输液瓶高悬在架子上,药水一点一滴从管子中下来,仿佛一个古代的计时器,让白天与夜晚都变得漫长。药水进入静脉,奔向我病变的器官,就这样,我用三天时间重读了孔子的语录,而且相信很长很长时间不会再碰这样的书了。

现在,在床头待读的书是艾柯的两本《小记事》和莱辛两本关于非洲的书,2007年,她在斯德哥尔摩诺奖颁发仪式上的演讲中谈非洲谈得真好,所以,特别想看她怎么感受与看待非洲。

如果说生病有什么正面的意义,那就是让自己与好多无意义的事情隔绝了,可以静心读书,也可以让那些有意思的念头在心中生长了。

善的简单与恶的复杂

——病中读书记二

虽然说道德有些时候被道德家们弄得很复杂,但归结到每一个人内心道德感的生发,却总是依从于人类生活初始时就产生出来的那种最简单,也最天经地义的逻辑。

总体上说,多丽丝·莱辛算是一个温情的作家,正是这种温情,使她部分写作显得单纯而清晰。英国女作家有单纯的传统,比如曼斯菲尔德——应该是二十年前读过,一个个短篇具体的情节已经淡忘了,但那氤氲的温情与惆怅却仿佛成都冬天的雾霭,随时都可以降临身边。英国女作家更有复杂的传统,比如伍尔芙,但这个复杂并不是历史、政治或当下世相的复杂交织,而是女性主义写作所唤醒的,更有弗洛伊德以来的现代心理学对这种自我分析或者说自我深究所提供的方法。莱辛作为一个英国的女性作家,自然也不能自外于这个传统——或者说"潮流"兴许更为恰切一些。

准确地说,多丽丝·莱辛有时候明晰简单,有时也复杂纠缠。

作为女性作家,当她用女性主义的方式写作,潜入主人公内心进行开掘时,她是复杂的,甚至是夹缠不清的。

可是当她的视野与笔触转向外部世界,特别是转向她度过了青少年时代的前英国殖民地南罗得西亚,今天的独立国家津巴布韦时,处理这种想来应该更加复杂的题材时,她倒变得清晰简单了。

我个人喜欢这个简单明晰的莱辛。

从对她作品的阅读,我相信文本的简单不一定是作家才华或风格所致,而是出于信念的原因——坚定的信念使复杂的世相在其眼中和笔下变得简单。

当年,多丽丝·莱辛离开因民族独立运动而动荡不已的南部非洲,带着书写英属非洲殖民地的长篇小说《野草在歌唱》回到英国时,就因为清新、同情与明晰受到了广泛欢迎。我在十几年前读过这部作品。但是,清新的作家,明晰的作家,信念坚定的作家,不一定就是一个伟大的作家,不一定就能引爆潜在写作者强烈的创造力,所以,我们已经将这个人淡忘了。

多丽丝·莱辛是英国人,在大英帝国殖民地遍布全球的时代出生于伊朗,后来,又随全家移民到非洲的南罗得西亚。生长于土地肥沃的白人农场。成人以后,作为殖民主义的既得利益者,她却同情当地黑人的独立运动和对土地的要求,离开了白人种族主义者统治下的国家。她离开的是自己视为故乡的国家,回到了英国,她父亲的故乡,她文化上的母国。

这样一种看起来足够复杂的经历,不由得给人一种期盼,期盼出现一种对反殖民主义浪潮下复杂世相与人性的动荡书写。但《野草在歌唱》并没有充分满足我这种期望。看这本书,某种程度上像是看一个文字版的《走出非洲》,且还没有电影那么深致的低回与缠绵。那时候,我们多么喜欢复杂甚至夹缠的文体啊!——福克纳式,乔伊斯式,王尔德式,艾略特式,"新小说派"式,杜拉斯式,虽然有些时候,一些看似单纯天真的方式却又在不经意间就牢牢地抓住了我们,但我们还是将这个人慢慢淡忘了。直到2007年,她才以诺贝尔文学奖获奖者的身份再一次回到中国读者视野中间。

这时，我依然没有读她。

因为所有媒体和随着大流读书的人们轰轰然传说一本书（说她，当然是以说比较夹缠的《金色笔记》为多）的时候，我甚至有些刻意地去回避，而读着一些被流行阅读冷落的文字。直到生病住院时，有朋友送了几百块钱购书券来，输完液就去医院近处的人民南路书店。先买了几本海外学者研究中国的书，之后是奈保尔的一本新书《自由国度》。再在书架间巡行下去，就遇到莱辛了。通常介绍她的创作成就时都没有提到过的书，而且还跟非洲有关，就买了下来——《非洲的笑声》和《这原是老酋长的国度》。准备手术时，就把她和奈保尔定为术前与术后要读的书了。《这原是老酋长的国度》是一个短篇小说集，并有一个副标题叫"非洲故事一集"。为此又跑了一趟书店，怕自己遗漏了二集或更多集。读了作者曾于1964年和1973年两次再版时的自序，知道这本书原来是两个小说集的合集，也隐约知道，以后并没有再写下去。于是，就读她的短篇。第一篇是白人农场主家一个天真少女和一个非洲土著酋长的故事《木施朗加老酋长》。

> 同大部分白人农场一样，父亲的农场也只散布着几小块耕地，大块儿的地都闲置着。

> 故事中的少女就是这个父亲的女儿。从她出生以来一切就是这样，所以一切都天经地义：肥沃的土地，野生动物出没其间的荒野，众多的黑人仆役……农场上的黑人也和那些树木岩石一样，让人无法亲近。他们像一群蝌蚪，黑黑的一团，不断变换着形状，聚拢，散开，又结成团，他们没名没姓，活着就是帮人干活，说着"是，老板"，拿工钱，走人。

荒野是这个少女学习狩猎的地方。不上学的很多日子里，这个少女不是像电影《飘》里的那些农场姑娘在有很多镜子的房间里整理各种蕾丝花边，而是这样子行动着："臂弯里托着一支枪,带两条狗做伴","一天逛出去好几英里"。这是殖民者尚武传统的一种自然流露。

荒野对一个有着敏感情怀的少女来说,就是奇花异木的国度,对一个身体中流淌着征服者血液的少女来说,森林是一个狩猎的场所,更是家庭农场中众多仆役所来自的地方。

少女携枪带狗在森林中穿行,如果遇到黑人,他们会悄无声息把路让开,尽管这个黑人不是他们家的仆役,但一样会露出对主子的顺从表情。但是,某一天,她遇到了一个不肯主动让路的黑人。她因此知道,除了在白人家充当仆役,在农场用劳动力换取一点微薄工钱的低贱的黑人,在她所不知道的更广阔的荒野里,还有着拥有自己的完整社会,有着自己的生产生活方式,有着自己的尊严的黑人。现在,她所遇到的三个黑人中就有一个是这片荒野的真正首脑,一个酋长。少女家由白人政府划给的广大土地,过去曾属于酋长的部落。

这次相遇,在少女眼前打开了另一扇世界之门。

那年她 14 岁。"这是个万籁俱寂的时刻,侧耳倾听的时刻","我看到有三个非洲人正绕过一个大蚁丘朝这边走来。我吹了声口哨,把我的狗唤到裙边,晃荡着手里的枪朝前走,想着他们会让到路旁,等我先过。"

他们没有给白人小姑娘让路。老黑人的两个随从告诉她路遇的是木施朗加酋长。

姑娘被黑人的自尊所震动,受震动之后,回到家里看书了。她看到了初到此地的白人留下了这样的文字:"我们的目的地是木施朗加酋长国,它位于大河北边。我们希望能够获得他的允许,在他的领地上勘察金矿。"于是,"这句话……在我心中慢慢发酵。"于是,"我阅读了更多关于非洲这个部分开发时代的书。"谁的开发时代?显然是白人来到这块土地探矿的时代,从欧洲来到这里定居,在原先酋长的领地上建起一个个农场的时代。

"那一年,在农场那块土著南来北往经常穿越的地方,我碰上他(酋长)好几次。""或许,我之所以常去那条路上游荡,就是希望遇上他。他回答我的招呼,我们互相以礼相待,这都似乎在回答那些困扰我的问题。"

小姑娘有什么问题呢?一句话,这土地到底是谁的?很显然,白人农场的土地本来是酋长们的。但在她出生长大以前,这土地就已经属于自己家了。对她来说,这个现实无从改变。但让她难解的是,为什么反倒是后来者高人一等,土地原先的主人反倒要过着穷困而且没有尊严的生活。小说中写道,木施朗加酋长的儿子,也就是土著部落未来的酋长就在白人农场主家里充当仆役(厨子)。

她不想也不能改变眼下的现实,但这并不妨碍内心中对失去土地同时还失去尊严的黑人产生了深深的同情。

小姑娘当然不能解决这些问题,这个世界也没有什么人很好地解决过这个问题。但因为是问题盘旋在心头,她独自上路了,要去看看酋长残留的未被白人势力深入的国度。后来她勇敢地去到了那里,"那是林间空地上搭建的一带茅草棚屋群落。"在那里,她见到了被族人拥戴的酋长。但她想对酋长表示友好的话都没有说出来。刚刚抵达,她就对欢迎她的酋长说了再见。酋长自然也没有挽留。

再后来,故事就到了尾声,因为老酋长控制的村庄,被代表政府的警察宣布为非法的存在,一年以后,"我又去了那个村庄一次,那里什么都没有了。""听说木施朗加酋长和他的族人被勒令向东移二百英里,搬到一个法定的土著保留地去了。那块政府所有土地不久将被开发,供白人定居。"

据作家在自序中说,小说集是她的第二本书。写于20世纪50年代。那是个什么年代呢?作家说,在那个年代,种族问题对身处南部非洲现实中的人来说是熟视无睹，但在这个小世界之外的大世界之中，对种族隔离制度的愤慨也还没有成为进步人士的共识——"进步人士良心的常规构成"——但她已经在小说中涉入这样的现实了。作家也无非是这样，关注到某种被大多数人有意无意视而不见的现实，表示出自己的情感（在莱辛就是一种深深的同情），如果公众、媒体与社会对此保持沉默，那么，对一个作家来说，也就仅仅是写下了这么一些文字。用我们语境里的话说，叫"对得起自己的良心"。很多高蹈的批评家经常号召作家干预生活，与社会保持一种"紧张的关系"，却没有深究过身边到底有没有这样的作品出现而自己和读者与媒体一起陷入了暧昧的沉默。并且进而研究一下，在一种什么样的社会心态下，大家未曾预约却像预约好的一样陷入了这种沉默。作家写作如果有什么目的，我深信，其目的之一，就是要唤醒人们基本的道德感。批评家应该多研究一点这种唤醒机制和唤不醒的原因，倒比自己爬到道德的制高点宣读空洞的判词要对这个世界有用许多。用道德评判来代替文学批评是批评家给自己营造的一个万全的堡垒。又安全，还可以不断往外放枪。唯一的缺点，里面空气不太好。因为道德这个东西也需要小心对待，一不小心，自身就腐烂了，使空气污染。

　　在我看来，道德感在作家的故事中潜伏着，比在批评家的判词中直接出现要好很多。就像在多丽丝·莱辛的非洲故事里所起的作用一样。

　　手术后第四天，举得起硬面精装、五百多页的书了，就开始读了《非洲的笑声》。这本书当然让人看到了南部非洲的某种现实，更让我看到了一个有良心，有道德的作家在这个复杂世界上的尴尬处境。

　　前面说过，多丽丝·莱辛离开了白人统治的黑非洲国家南罗德西亚。

这个国家历史很短,"1900年,南罗得西亚成为国家,举国上下一片明艳的粉红色"。

在此之前,远征那里的白人遇到了世居的黑人,"对英国人来说,必须把他们看成一无所知的野蛮人,唯其如此,才能把他们的一切归于他们的征服者。"由于这个原因,"从50年代开始,抵抗运动开始形成。"后来,战争爆发。"像许多战争一样,南罗得西亚独立战争本不必爆发。这里的白人至多也就25万,我相信他们大多数会愿意妥协,同黑人分享权力",但这种理想的情形没有发生,黑人反抗了,战争爆发了,"战前,白人远非团结一心,可战争的激情让他们联成一体。"我想,黑人阵营也未尝不是如此。而像多丽丝·莱辛这样意识到战争是一个错误的少数人,则要面对自己人的仇恨、诬蔑甚至迫害。

而在另一边,"年轻男女只要够了岁数就逃离村庄,加入游击队。""整整一代黑人青年,其中相当一部分都在游击队接受了教育,有时他们也学几句马克思主义口号,可真正把他们联系在一起的始终是对白人的仇恨。"1980年,黑人反殖民主义的解放战争取得胜利,一个新的国家津巴布韦诞生了。

多丽丝·莱辛在被白人统治的南罗得西亚禁止入境许多年后,于1982年立即动身前往这个换了主人也换了名字的新国家,并用非虚构的形式记录自己的见闻。她一定对这个新的国家怀有美好的想象。虽然很多此前就已独立的黑非洲国家的残酷现实对她肯定有一种警示的作用,但是情感压倒了一切。人们总是希望有例外,总是希望自己的故乡在这个残酷的世界上是一个温柔的例外。如果上帝是一个常常疏于管理的农夫,自己所在的这一国度应该是他精心佑护的示范田。当然,更重要的是,对人类最基本的道德感来说,在这片古老的土地上,失去了自己的土地与自由的人们从不义的白人手中夺回对这块土地的支配权是一件天经地义的事情。虽然说道德有些时候被道德家们弄得很复杂,但归结到每一个人内心道德感的生发,却总是依从于人类生活初始时就产生出来的那种最简单,也最天经地义的逻辑。

所以,复杂的我们总是一面嘲笑简单,同时感动我们的又总是那些没有太复杂动机的人与事。

多丽丝·莱辛也是这样感动我的。

作为一个始终对无偿地强力地占有黑人土地怀着负疚感的白人,当那个黑人国家一旦获得独立,她就奔向了那里。在书中她没有告诉我们她是否做好了面对失望的准备。但是那里的现实显然让她失望。或者说,那里的现实肯定要让她失望。

我们亲爱的女作家回到了这个新国家,却走不进黑人的世界,就像早年,那个少女去到木施朗加酋长的村庄,却无从交流,只寒暄几句就踏上归程。除了不顾别人的警告,偶尔让徒步的黑人搭搭顺风车,去书店买几本当地黑人作家的书来读,她依然和早年熟悉的那些经营着农场的白人们待在一起,回忆过去,或者和他们因为新社会,对新国家,对新领导,对黑人的不同看法而争论不休。

她看到,不是所有黑人都成了主人,没有掌握政权的当年的不同派系的游击队成了恐怖分子,在劫持人质,以达到经济或政治上的种种要求。

她看到,"报纸上也不会说实话。"旧日邻居请她往伦敦打电话,是想知道在自己的国家刚刚发生了什么事情。

她看到,"野生动物几乎消失了,森林鸦雀无声。"

她看到,物资匮乏。

她看到,那些这片土地的解放者成为大小官僚,办事效率低下。这些大小官僚俨然是这个国家的新主人,而大多数黑人,仍然生活在原来的位置上。所不同的是,原来他们还可以将贫苦无助归咎于罪恶的白人,现在,他们却找不到理由反抗和自己同样肤色的新主子。而是眼睁睁看着"出现了一个被平民百姓称为'头儿'的新阶层"。

更重要的是,新政权并没有致力于民族和解。白人失去了政权,于是白人的世界对黑人封闭起来。黑人则在同一国度构筑别一个世界。不同族群的人,在精神与文化上完全分开,在同一平面上构成互不交叉的平行世界。

她离开的时候一定是非常失望的吧。作家没有写出她的情绪,而是继续怀着温情写她离开的时候,又怎么停下车,打开门,捎上两个黑人妇女,半道上又搭上了一个黑人青年。这是她在机场登机前做的最后一件事。这是她在不到两百页的篇幅中好几次写自己不顾别的白人警告而让黑人搭车的事了。她正是通过这种方式与不同的黑人接触来管窥与揣测这个新国家中黑人的状况。

流动的轿车是她观察一个国家、观察另一种肤色的族群生存状态的取样点。

有良心的人总是善解人意,总是往好的方向去想问题,而掌握大权者行为乖张的程度总是超过人们最坏的想象。即便到了2007年,在诺贝尔奖的获奖演说中,她还在说着有些天真的充满理解的话:"我站在门口望着满天滚滚的沙尘暴,我被告知说,那里依然有没有被砍伐的原始森林。……1956年,那里有着我所看到的最美的原始森林,如今全被毁灭。"但她迅速找到了原谅这种状况,对这种状况表示理解的理由,"人们得吃饭呀,要有燃料呀。"

我自己也出生在原始森林曾经密布的地区,以我的经验,敢保证森林的消失绝不是因为当地土著吃饭取暖那点有限的采伐。但有农场生活经验的她是这么说的。

六年之后,她又一次回来了。

她看到了什么?看到了所有坏的东西往更坏处去。她尽量在这个国家四处行走,想发现可以使人感到鼓舞的新东西。但她没有发现。新的国度上演的政治戏剧其实从来都很古老。所以,她发了感慨:"爱上一个国家,或者一个政权,实在是一桩危险的事,你的心几乎肯定会因爱而破碎,甚至会丢了性命。"她说得很好,问题是从来就不存在一个抽象的国家。国家从来都是由一个政权来代表的。

她看到,"状况很危险,是革命之后的典型。""大批青年得到许诺,将拥有一切。为了那些许诺,他们作出牺牲,可到头来却是一场空。"

她看到,或者是人们不断告诉她,这个"国家腐败成风",但她还在辩解,说,"穆加贝也在努力。"

这次,她到了黑人的农村。她看到了童年时代的白人农场模式以外的农业。白人农场是具有规模效应的、技术含量很高的方式。而在黑人农村,穆加贝同志部分兑现了承诺的地方,白人农场的地被抢过来,划成一小块一小块分给了黑人。这样的农业运作方式,或许可以使耕作者温饱,但不可能有进一步的发展。南罗德西亚时代的农业是成功的。但是,津巴布韦的当政者没有借鉴这种成功的经验。

更重要的是,这种现实不会被真实呈现出来,因为在这个国家流行着两套语言:"一种是官方场合公开使用的语言,是一种自我保护;另一种是活生生的语言,承认第一种语言的虚假。""要是你能私下接触某位部长,你就会发现他们对实际局势都很了解。可当他和别的部长们出席内阁会议时,或者出任某个委员会时,他不敢把自己的真实想法说出来。"另一个英国移民作家的话可能更精辟,萨尔曼·拉什迪说:"有两个国家,真实的和虚构的,占据着同一个空间。"

离开这个国家前,她回到了自己长大的"老农场"。"我被带到这里,从5岁起生活在这里,直到十三年后永远离开它。"

1988年，她再次离开，依然没有告诉我们离开时的心情。但是，1989年，她又回来了。是怕自己看错了什么吗？

这个在非洲算是自然条件和基础设施最好的国家，"从东到西，人们到处在谈论腐败。"

艾滋病开始流行了。"人人都意识到这个问题，"但它只是一个人们私下里的话题，"它悬浮在谈话的边缘，刚冒个头，又自行沉了下去，它让人感到不舒服，仿佛谈起它就是在散布谣言，害怕为此而受到惩戒。"同时，在左派政治神话中说，"艾滋病毒是CIA制造出来的，目的是削弱第三世界国家"。

1992年，她第四次回来。

在这本书中，第一次回来时笔墨最多，然后，越来越简短。这一次，她回来，在五百页的书中只写了二十页。因为现状依旧，只是程度加深，更加匮乏，拥有特权者更加高高在上，更加腐败……书写这些现实，不过是让人更加绝望。多丽丝·莱辛在这本书中从不直接讲出自己的心情，这一次，她引用了别人给她的信中的话："每当我想到独立时那些梦想，我就想为津巴布韦放声大哭。"也许，这也是她想说的话吧。

这次，她结束得很匆忙，确实也不必写得太多了。她终于在最后一个小节里谈到了农业（是想探讨一下穆加贝的革命事业失败的原因吗？），许多国家的立国之本。她谈到农场和农场主的存在本是津巴布韦农业成功的主要原因，但是革命者们总是如此——尤其是游击战出身的革命者更是如此，不愿意依凭前人成功的经验，特别是当这种经验是来自自己的革命对象。正是这样的思路导致了津巴布韦农业的失败。须知这是一个未曾工业化的农业国，农业的失败就是这个国家全面的失败。

于是，"货币贬值了，现在津巴布韦元只值过去的四分之一，这让业已贫困交加的人更加走投无路。"那是1992年，到了2009年，"津巴布韦中央银行已发行单张面额1000亿津元的钞票,以对付失控的通货膨胀。目前,津巴布韦官方公布的年通货膨胀率高达2200000%。但独立的经济学家认为实际数字更高。"

到作家去斯德哥尔摩领奖时,那里的情形就更糟糕了。看到一则访问,津巴布韦出租车司机希卡姆巴无奈地说:"是的,我是一个百万富翁,一个什么也买不起的百万富翁。津巴布韦现在遍地都是百万富翁。我们是一个盛产百万富翁的国家,但是同时我们也一无所有。"但她在获奖演说中没有再议论那个国家所有方面的情况,也许是不忍心,也许是真的感到议论对那里情况的改变毫无作用。一般而言,知识分子的议论对改善某些方面的情况会产生一些作用时,这个社会是一个比较正常的社会。但在一些极端的情况下,当国家政权被某些利益集团所把持时,议论是无足轻重的,也无助于情形改善。历史上曾经存在的极权政体与她所关心的那个国家的现实情形,都会让她明了这一点。在这种情形下,还有些行动自由的人会选择做一点在局部会产生些积极作用的事情。所以,作家在获奖演说中反倒只谈她正在参与做着的事情,"我属于一个组织,它起始于把书籍送到非洲村庄里去的想法。""我自费去津巴布韦做了一个小小的调查,发现津巴布韦人想要读书。"她只说了这么一句委婉地表达不满的话。她说:"人们拥护值得拥护的政府,但是我不认为这符合津巴布韦的情况。"

读多丽丝·莱辛的那些日子,我整天躺在病床上,脑子里被激活的问题有足够的时间久久盘桓。在许多批评家那里,作家介入社会生活好像始终是单向的,仿佛那是一个巫师的祷神仪式,只需完成,而不需回应。但在我看来,一个正常的社会中,且不说文学介入的途径与形式的多样,作家介入社会生活更依赖于来自社会与公众的反响。即便是拉什迪那样被某个国家所通缉,在奈保尔看来,也是"最极端的文学批评形式"。但是,如果一个社会对这样的作品就像根本不曾出现一样不做出任何反应呢？就多丽丝·莱辛这个例子来说，我想她前一部作品肯定是在当时的社会中有所反应的，所以她才有热情去写《非洲的笑声》。但我想，非洲真的发出了笑声，用沉默——如果沉默也可以理解为一种讥讽的无动于衷的狂笑的话。我想，一个作家写下一部关于南部非洲某个国家的书，并不是为了给远在万里之外的我这样的读者提供一个关于远方的读本——客观上它当然有这样的作用。更进一步说，当作家表达了一种现实，即便其中充满了遗憾与抗议，也是希望这种现状得到改善。但作家无法亲自去改善这些现实，只是诉诸人们的良知，唤醒人们昏睡中的正常的情感，以期某些恶化的症候得到舒缓，病变的部分被关注，被清除。文学是让人正常，然后让正常的人去建设一个正常的社会。

她获奖的一半理由是"用怀疑、热情、构想的力量来审视一个分裂的文明"，而面对绝望的现实，始终保持着一份热情去关注、去审视是一件非常了不起的事情。所以，尽管她关于非洲的文字，关于种族问题，关于新生国家治理的文字都显得简单，但直到登上诺贝尔奖的领奖台，她的获奖演说，一直喋喋不休的还是那个国家的人与事，所以，我想，简单明晰的作家也可以是一个伟大的作家，换句话说，成为伟大的作家不一定要非常复杂。更直接一点说，小说的文体与文字，其实不必因现实夹缠而夹缠，因现实丑恶而丑恶，而中国的许多小说就是这样。因为美好，因为善本来就是极其单纯的，当有人要把一件事或者一些事弄得过于复杂的时候，我们就可以怀疑其动机了。

复杂，还是简单？这对作家来说是个哈姆雷特式的问题。很多人未曾动笔就先被问住了，而多丽丝·莱辛用作品做了很好的回答。

不是解构，不是背离，是新可能

——病中读书记三

我们得承认，这个世界真的出现了一些新的"格局"。在这些新格局之下，不用解构什么，也不用背离什么，自然而然，就会生长出新的人。新的人多了，以他们为土壤，就生长出了新的文化，或者，有了成长出新的文化的可能性。

一直想谈谈奈保尔，这位诺贝尔奖得主。但我不是因为这个而谈他。那么，是作为一个优秀的作家来谈他？如果是这样，不是还有更多的被谈论过很多的优秀的作家吗？被谈过的作家总是更好谈一些，甚至连作品都不必看，就可以根据那些谈论来谈。而拉什迪被翻译得够多，但至少在汉语当中，对他的谈论是很少很少的。想必是因为根据我们惯常的路数，这个人和他的作品是很难进行讨论的。但我想谈这个人已经很久了，只是总在犹疑，不能确定到底从何入手。这跟很多批评家不一样，甚至跟在网文后跟帖发表评论的一些网友不一样。他们都太肯定，太不是此就是彼。但我发现，当你认真思索，真想解决自己内心的问题，而不是简单表示立场与态度的时候，可能就会不断对自己提出疑问。

读过奈保尔很久了。

先是读他的短篇小说集《米格尔大街》。

继而读到台湾繁体字版的《大河湾》。后来译林出版社出版了该书的简体字版，除译文有些区别外，书名也少了一个字，译成《河湾》。

再后来,相继读他的"印度三部曲"。

那时就想谈他了,但一直没有谈,没有找到头绪。

年初病中,又重新把上述这些作品都集中起来,重读了一遍。而且,还增加了三种:《奈保尔家书》、小说集《自由国度》《作家看人》,准确地说是奈保尔这个人怎么看一些作家。

这更坚定了我的看法:这个人是有着独特的前所未有的认知价值的,他和诸如拉什迪这样的作家提供了一种全新的文学经验,但这个价值到底是什么,我并不确切地知道。也就是说,在脑海中搜索已经储存起来的现成的文学经验与理论,都不能对这种价值进行命名或归纳。

直到今天,在重庆开一个文学方面的会议,在这样的讲坛上,差不多全部关于文学的讨论都是基于现成的文学经验与理论。听到不太想听的话题时,我就借故短暂离开一下会场。其间某次,我打算去外面呼吸几口新鲜空气。揿下按钮,电梯降下来,降下来,一声"叮咚"的提示音响起,光滑的金属门无声洞开的那一瞬间,脑子里猛然一亮堂,做了这篇文章标题的那句话清晰地出现在脑海:"不是解构,不是背离,是新可能!"

我知道,终于可以谈论他了。

我们如今的文学理论,先自把所有作家分成了两类。最大多数那一类,在祖国、母族文化、母语中间处之泰然。比较少的一类,或不在祖国,或不在母族文化,或不在母语中安身立命,竟或者几处同时不在,处境自然就微妙敏感。我属于后一类。三不在中就占了两处,常惹来无端的同情或指责。就在博客中,就有匿名的大概是身在母族文化又自以为母语水准高超者,潜隐而来,留言,提醒,教训。我的态度呢,不感动,也不惊诧。人家同情我流离失所,在外面的世界有种种精神风险。我呢,作为一个至少敢在不同世界里闯荡的人,对依然生活于某种精神茧子中而毫不自觉的人反而有深刻同情。这是闲话，打住。虽然如此，文章之道还在于多少要讲些闲话，但还是回到正题上来吧。

　　不想说前一类作家，关于他们已经谈得太多太多了。文学史以他们来建构，文学理论以他们来形成，当我们评述今天日益复杂的文学现状，所援引的尺度也全由他们的经验来标识。后一类作家是少数，但他们的数量在不断增加。不因为其他，只是因为时势的变化。全球性的交流不断增加，这个世界有越来越多的人脱离原先的环境（祖国、母族文化和母语），起初，这样的离开多是出于被动，比如非洲的黑种人来到美洲，比如二战前后的犹太人逃离纳粹的迫害，以及冷战时期昆德拉们的流亡。但这种情形渐渐有了变化。这种离开渐渐成为人们主动的选择。他们主动去到一个陌生的世界——寄托了更多理想与希望的世界，重新生根，长叶，如果他们中的一些人开始写作，还会时时回首故国，但这种回首，与其说是一种文化怀乡，还不如说成是对生命之流的回溯。这样的作家已经越来越多，其中许多已经具有世界性的影响，比如奈保尔。而且，这还只是一个开始，这样的作家将会更好更多。而我们对这一类作家的意义认识不仅不够，甚至有方向性的错误。这种错误就在于，我们始终认为，一个人，一个个体，天然地而且将不可更改地要属于偶然产生于（至少从生物学的意义上）其间的那个国家、种族、母语和文化，否则，终其一生，都将是一个悲苦的被放逐者，一个游魂，时刻等待被召回。在这样一种思维定式下，无论命运使人到达世界的哪一个角落，如果要书写，乡愁就将是一个永恒的题目。但我时常怀疑在这样的表达中，至少在某些书写者身上，是一种虚伪的、为写作而写作的无病呻吟。我不相信提着公文包不断做洲际穿梭旅行，皓发红颜精力充沛的四处做文化演说的人有那么深刻真实的乡愁。真有那么深重的去国流离的悲苦，那么回来就是嘛。要么，就像帕斯捷尔纳克，就是外面给了诺贝尔奖也怕再不能回到祖国而选择放弃。我不是道德家,不会对人提这样的要求,也反感对人提这样的要求。我只是把不同的人两相对照后,生出些怀疑。无时不在文字中思念故国者去国悠游,偶尔回来说点不着四六的爱国话就被待如上宾,反倒是那些对母国现实与母族文化保留着热爱同时保持着自己批评权利者瘐死故乡。20世纪的西藏,就出过这么一位叫更敦群培的。本来从西藏南部去了异国,在那里接触到封闭的经院之外的语言,并从那异族的语言中感到思想的冲击,回头来自然对经院哲学中的僵死保守的东西有所批判,而且,还要回到西藏,在那个封闭的世界里去实行继续的批判,结果遭受牢狱之灾,毁坏了身体,继而以佯狂放浪的方式,半是声讨,半是自保,结果身体更加不堪,西藏近代史上一位稀有的思想者,正当思想者的壮年,却因以身试法,在贫病交加中离开了这个他欲加以改造、希望有所变化的世界。

奈保尔则溢出了这样的轨道。

他的父辈就带着全家离开了印度。他出生时,和他家庭一样的印度裔的人,已经在那个名叫特立尼达和多巴哥的国家,在那个国家的首都西班牙港形成了自己的社区。他的表达精妙的小说集《米格尔大街》就是他多年后身居英国而回望自己的成长岁月时对那个社区生活与人物的叙写。这本小说是我最喜欢的小说之一。笔调活泼幽默,描写简练传神,有豁达的命运感叹。但没有通常我们以为一个离开母国的作家笔下泛滥的乡愁,也没有作为一个弱势族群作家常常要表演给别人的特别的风习与文化元素。因此之故,我就爱上了他。

他在《作家看人》中品评一个印度作家的时候,写道:"在自传性的写作中,个人偏见会让人读来有趣。"这有趣是他颇为幽默的说法。而他真实的想法是"我感觉他困于网中"。为什么呢?"在关于加尔各答生活的近乎民族志学研究的那一章中,乔杜里利用这点取得了极佳的写作效果。"我没有读过乔杜里的作品,这么引用并不是赞同奈保尔对这个作家的评判,因为我个人的写作,有时也有这种民族志的眼光。但这种引证可以证明一点,《米格尔大街》中回避文化与故国之思,是一种有意的安排。后来,读到他回忆写作这本书的文字,更印证了我的看法。

他说:"那本书写的是那条街的'平面'景象。在我所写的内容中,我跟那条街凑得很近,跟我小时候一样,摒弃了外界。"

诺贝尔奖以这样的理由授予他:

"其著作将极具洞察力的叙述与不为世俗左右的探索融为一体,是驱策我们从扭曲的历史中探寻真实的动力。"

到他的长篇小说《河湾》和小说集《自由国度》,他的眼光已经转向了更广阔的世界。《河湾》起初还写了一点印度裔的人,在白人和数量众多的黑肤色非洲人之间的那种飘零感(因为小说的背景是非洲),但很快,小说的重点就转入了对后殖民时代非洲动荡局面的观察与剖析。这是一种新的超越种族的世界性眼光,而不是基于一种流民的心态。这种方式在《自由国度》中表现得更加自由舒展。作为小说集重心的故事,就是一对男女驾车穿行一个马上就要爆发动乱的非洲国度的过程与心态。如果小说中有所倾向,那也是人类共同的关于自由与民主的渴求的理念。在我们习见的经典文学表述中,作家都是基于国家民族和文化而有一个明确的立场。但在《自由国度》中,主人公在这种习见的基点上,与黑非洲并无关联,因此,我们习以为会毁掉一部作品的主人公与那些概念的疏离反倒提供了更多样观察的角度与更丰富的感受。套用苏珊·桑塔格的话,是新的时代造成了新的人,这些新的生存状况的人带来了新的感受方式。桑塔格把这叫做"新感受力"。当然,桑塔格所命名的这种"新感受力"指的不是我说的这种东西,但借用一下这个说辞也是基于表达的方便,也更说明,在全球化的背景下,时移势迁,"新感受力"的出现也是多种多样,而不止是她在纽约所指的当代艺术方式嬗变的那一个方面。

而在不大愿意承认这种"新感受力"出现的地方,这样的作家就会变得难以言说。还是借用桑塔格的说法,如果你要用旧方式去评说他,他就会"拒绝阐释"。

这个人的父亲离开了一次故国,他又从所谓第二故乡再次离开,却为什么没有那么多乡愁呢?如果我们希望他有,或者责难他没有,是他的错,还是我们过于"乡愿"的错?为什么我们不能对奈保尔们在自己处境中创造出来的新东西有"同情之理解"?为什么我们一定以为去国之后就一定更加爱国怀乡?为什么一定以为离开母族与母语之人一定悲苦无依?奈保尔在英国用英语写作,其实,很多身在印度的印度作家一样用英语写作,至少在泰戈尔的时代,情形就是如此了。

更离谱的是,这个人数次回到印度,用游记的体裁写了三本关于母国的书"印度三部曲"。大多数的时候,他的语调都暗含讥讽,而且批评远远多于表彰和颂扬,绝望的情绪多于希望。爱国家爱民族的人们要愤怒了。听听这个人是怎么说的吧:

"独立的印度,是个早已被挫败的国家。纯粹的印度历史在很早前就结束了。"

"印度于我是一个难以表述的国家。它不是我的家也不可能成为我的家。"

"印度,这个我 1962 年第一次访问的国度,对我来说是一块十分陌生的土地。一百年的时间足以洗净我许多印度式的宗教的态度。……同时,也明白了,像我这样一个来自微小而遥远的新世界社区的人,其'印度式'的态度,与那些仍然认为印度是一个整体的人的态度会有多么大的差异。"

这是他到达印度时候说的话。离开的时候他这么写道:"一个衰败中的文明的危机,其唯一的希望就在于更迅速的衰败。"

在人类文明史上,这样的人,这样的言行无数次被判决过了:背叛!卖国者!大刑伺候!用大批判肃清流毒!对这一切,任何人都可以预见,所以他事先就发出了疑问:"一个人如果从婴儿时期就习惯于集体安全,习惯于一种生活被细致规范化了的安全,他怎么有可能成为一个个体、一个有着自我的人?"

是的,我们非常习惯于那种道德的安全,而且时时刻刻躲在这个掩体后面窥测世界,甚至攻击别人。与此同时,在那个看上去庞大坚固的掩体后面,很多人正在以加强这种安全性的名义来不断解构。不是一些艺术家所声称的小打小闹的解构。而是以热爱的名义,坚守立场的名义,使人们对国族与文化的理解更僵死,更民粹,更保守,更肤浅,更少回旋余地,因此也更容易集体性地歇斯底里。相较而言,奈保尔们的工作倒有些全新的意义,显示了一种新的有超越性的文化知识的成长。

就在两天前,我作为华语文学传媒大奖的前一届得主陪新得主苏童去某大学演讲,规定的题目就叫《个人史与民族史》,我就结合奈保尔的介绍谈到个人史在现今社会有时会溢出民族史,这时就有年轻人起来诘问,那些挟带着一个个有力问号的句式,一听就知道其自以为占着某种道德的优越感,我不忍用同样的语气回驳一个求学时期的年轻人,耐心回答的同时,在心里暗想,他从教材里学到的是多么正确而又渐渐远离了现实的东西啊!

奈保尔还说过这样的话:"我这一辈子,时时不得不考虑各种观察方式,以及这些方式如何改变了世界的格局。"

我们得承认,这个世界真的出现了一些新的"格局"。在这些新格局之下,不用解构什么,也不用背离什么,自然而然,就会生长出新的人。新的人多了,以他们为土壤,就生长出了新的文化,或者,有了成长出新的文化的可能性。

道德的还是理想的

> ——关于故乡,而且
> 不只是关于故乡

我们生活在一个动荡的但总留有些人情温暖的时代,旧传统被无情打破,但新的人文环境并未按革命者的理想成形。在所有宏大的命名下,只有"人"这个概念,被整体遗忘。

我有个日渐加深的疑问,中国人心目中的故乡是一个怎样的存在?

这个疑问还有别的设问方式:这个故乡是虚饰的,还是一种经过反思还原的真实?是抽象的道德象征,还是具象的地理与人文存在?

的确,我对汉语的文艺性表达中关于故乡的言说有着愈益深重的怀疑。当有需要讲一讲故乡时,我会四顾茫然,顿生孤独惆怅之感。当下很多抒情性的文字——散文、诗歌、歌词,甚至别的样式的艺术作品,但凡关涉到故乡这样一个主题,我们一定会听到同样甜腻而矫饰的腔调。在这种腔调的吟咏中,国人的故乡都具有相同的特征:风俗古老淳厚,乡人朴拙善良;花是解语花,水是含情水。在吾国大多数无论是人文还是自然都并不美好的地方旅行,我会突然意识到,这就是被某一首诗吟过,被某一首歌唱过,被某一幅图画过的某一个文化人的美丽的家乡。

但真实的情况总是,那情形并不见得就那么美好。带着这样的困惑,有一天,在某地一条污水河上坐旅游船,听接待方安排的导游机械地背诵着本地文化人所写的歌唱这条河流美景的诗句时,我不禁闭上了眼睛,陷入了自己一个荒诞的想象:假如我们的文化发达到每一地都出了文化名人,都写了描绘故乡美景的篇章,我们再把这些篇章像做拼图游戏一样拼合起来,那么,吾国每一条河流都不会有污染,每一座山峦都披满了绿装,没有沙漠进逼城市与村庄,四处都是天堂般的风和日丽,鸟语花香。城镇的每一个角落都被彩虹般的灯光照亮,没有波德莱尔笔下那样的"恶之花"从卑污处绽放。

　　由此,不得不得出一个结论,在中国绝大多数文艺性的表述中,那个关于故乡的言说都是虚饰的,出自于一种胆怯乏力的想象。关于人类最初与最终居住地的美好图景,最美妙的那一些,已经被各种宗教和各种主义很完整、很大胆地以一种不容置疑的气度描述过了。当我们描绘那些多半并不存在的家乡美景时,气度上却缺乏那样大气磅礴的支撑,不过是在局部性地复述一些前人的言说。于是,一种虚饰的故乡图景在文字表述中四处泛滥。故乡——村庄、镇子、胡同、大院,所有这些存在或者说记忆到底是应该作为一种客观对象还是主观的意象,已经不是一个如何写作的问题,而早就是一个道德伦理问题。用句套话说来,不是存在决定一切,而是态度决定一切。

　　帕慕克说:"我们一生当中至少都有一次反思,带领我们检视自己出生的环境。"但大多数时候,我们文字里的故乡,不是经过反思的环境,而是一种胆怯的想象所造就的虚构的图景。

　　没有查书,但大致记得亚里士多德说过,人都会通过文字或思考来使对象"净化",但是,这个"净化"是"通过怜悯与恐惧达到",而不是通过虚饰与滥情来达到。想想我本人的写作,或者是就在实际的生活中间,一直以来就有意无意回避对故乡进行直接简单的表述,我也从来没有自欺地说过,有多么热爱自己的故乡。

不愿虚饰,可又无力怜悯。

少年时代,我曾想象过自己是一个孤儿,在路上,永远在穿越不同的村子与城镇,无休止地流浪。幸福,而且自由。自由不是为了无拘无束去天马行空,而是除了自己之外,与别的人没有任何牵扯与挂碍。幸福也不是为了丰衣足食,但至少不必为不够丰衣足食而生活在愁烦焦灼的氛围之中,生活在为了生存而动物般的竞争里。那是一个川西北高原上的僻静村庄,阳光是透明的,河水是清澈的,鲜花是应时开放的,村后高山上的积雪随季节转换堆积或融化。但人们的生活,如果只是为了生存而挣扎,那人之为之,又有什么意义呢?可在中国乡村,特别是我们这一代人青少年时期生活的乡村,使旧乡村有些意味的士绅与文化人物已经消失殆尽,几乎所有人都堕入动物般的生存。树木与花草没有感官与思想,只是顺应着季节的变化枯荣有定。但人,发展出来那么丰富的感受能力,却又只为嘴巴与胃囊而奔忙,而兴奋与悲愁,这样的故乡,我想,但凡是一个正常的人,恐怕是无法热爱的。何况,那时使故乡美丽的森林正被大规模地砍伐。上世纪六七十年代,伐木工人的数量早就超过了我们这些当地土著的数量。跟很多很多中国人一样,我青少年时代的许多努力,就是为了逃离家乡。

但是,当我们在学校学习,或者通过阅读自学,在汉语的语境之中,好像已经有一个约定俗成的规矩,那就是,一个人必须爱自己的故乡。如果不是这样,那么,这个人在道德上就已经失去了立身之地。这处境有点像我们在某些需要举行表决的场合,虽然规则说可以投反对票,但所有人都知道,要么你不举手,要举手就是投赞成票,否则,就是一个离经叛道的另类,一个不识时务的傻瓜了。

其实,故乡只是一个地理性存在,美好与否,自然条件就有先天的决定,本来那只是地图上的一个点,一个人总归要非常偶然地降生在一个地方,于是,这个地方就有了强烈的感情色彩,叫做了故乡。从此开始,衍生出一连串宏大的命名,最为宏大而前定的两个命名就是民族与国家,"人生签牌分派给我们的国家"。故乡之不能被正面注视,不能客观书写,也是因为这两个伟大的命名下诞生出来的特殊情感。因为从家到族到国的概念连接,家乡的神圣性再也无可动摇。再从国到族到家,这样反过来一想,老家所在的那块土地,也就神化成一个坛,只好安置我们对理想家园梦境般的美好想象。幸福家园的图景总是那么相似,故乡的描述终于也就毫无新意,就像彼此抄袭互相拷贝的一样。

我们生活在一个动荡的但总还有些人情温暖的时代,旧传统被无情打破,但新的人文环境并未按革命者的理想成形。在所有宏大的命名下,只有"人"这个概念,被整体遗忘。在家乡,你是家族中的一分子,你的身份是按血缘纽带中的一环来命名与确认的,就像我们在整个社会机器中,你不是作为一个独立的人,而是按你在整部机器的运行中所起的作用大小来得以确认。于是,人就只好知趣地自己消失了,人在故乡的真实感受与经历也就真的消失了。

我们虚饰了故乡,其实就是拒绝了一种真实的记忆,拒绝真实的记忆,就等于失去记忆。

失忆当然是因为缺少反省的习惯与反思的勇气。

于是,失忆从一个小小的地方开始,日渐扩散,在意识中水渍一样慢慢晕染,终于阴云一样遮蔽了理性的天空,使我们这些人看起来变成了诗意的、感性的、深情的一群,在一个颇能自洽的语境中沉溺,面对观想出来的假象自我陶醉。而失忆症也从一个小小的故乡,扩展到民族,扩展到国家历史,使我们的文化成为一种虚伪的文化。当我们放弃了对故乡真实存在的理性观照与反思,久而久之,我们也就整体性地失去了对文化与历史,对当下现实的反思的能力。

随风远走

——茅盾文学奖颁奖礼上的答词

今天,当《尘埃落定》与我的名字联系在一起,频频出现在报端时,我确乎感到,它是离我远去了。是的,她正在顺风而去。而对我来说,另一个需要从混沌的背景中剥离出来的故事,又在什么地方等待着了。

又听见了杜鹃的声音:悠长,遥远,宁静。

1994年5月,我坐在窗前,面对着不远处山坡上一片嫩绿的白桦林,听见了从林子里传来的杜鹃的啼鸣声。那时,身后的音响低低回荡着的是贝多芬《春天》与莫扎特《鳟鱼》优美的旋律。那个时候,音乐是每天的功课。那片白桦林也与我有了十几年的厮守,我早在不同时间与情景中,为她的四季美景而深浅不一地感动过了。杜鹃也是每年杜鹃花开的季节都要叫起来的,不同的只是,在那个5月的某一天,我打开了电脑。而且,多年以来在对地方史的关注中积累起来的点点滴滴,忽然在那一刻呈现出一种隐约而又生机勃勃、含义丰富的面貌。于是,《尘埃落定》的第一行字便落在屏幕上了。小说所以从冬天开始,应当是我想起历史时,心里定有的一种萧疏肃杀之感,但是因为那丰沛的激情与预感中的很多可能性,所以,便先来一场丰润的大雪。我必须承认,这都是我自己面对自己创建的文本所做的揣摩与分析,而不是出于当时刻意的苦思。我必须说,那时的一切都是一种自然而然的流淌。

《尘埃落定》就这样开始了它生命的诞生过程。

今天,我已经很难回想起具体过程中的每一个细节了。眼前却永远浮现着那片白桦林富有意蕴的变化。每天上午,打开电脑,我都会抬眼看一看她。不同的天气里,她呈现出不同的质感与情愫。

马尔康的春天来得晚。初夏的5月才是春天。7月,盛大的夏天来到,春天清新的翠绿日渐加深,就像一个新生的湖泊被不断注入一样(我有两行诗可以描摹那种情境:"日益就丰盈了/日益就显出忧伤与蔚蓝")。那种浓重的绿,加上高原明亮阳光的照耀,真是一种特别美丽的蓝。10月,那金黄嘹亮而高亢,有一种颂歌般的庄严。然后,冬天来到了。白桦林一天天掉光了叶子。霜下来了,雪下来了。茂密的树林重新变得稀疏,露出了林子下面的岩石、泥土与斑驳的残雪。这时,小说里的世界像那片白桦林一样,已经历了所有生命的冲动与喧嚣,复归于寂静。世界又变回到什么都未曾发生也未曾经历过的那种样子。但是,那一片树林的荣枯,已经成了这本书本身,这本身的诞生过程,以及创造这个故事的那个人在创造这个故事时情感与思想状态的一个形象而绝妙的况喻。

直到今天,我都会为了这个况喻里那些潜伏的富于象征性的因子不断感动。

写完最后一行字,面对那片萧疏的林子,那片在睡了一个漫长冬季后,必然又会开始新一轮荣枯的林子,我差不多被一种巨大的幸福击倒。对我而言,这是一次创造,也是一次隆重的精神洗礼。然而这一切,都在1994年最后几天里结束了。

故事从我的脑子里走出来,走到了电脑磁盘里,又经过打印机一行行流淌到纸上。从此,这本书便不再属于阿来了。她开始了自己的历程,踏上了自己的命运之旅。我不知道别的作家同行有没有这样的感觉。但我却深深感到,我对她将来的际遇已经无能为力了。

一个人有自己的命运,一本书也是一样。她走向世界,流布于人群中的故事再不是由我来操控把握了,而是很多人,特别是很多的社会因素参与进来,共同地创造着。大家知道,她的出版过程有过三四年的曲折期。后来就有朋友说,那曲折其实是一种等待,等待一个特别适合面世的机会。找到最合适机会出声的角色,总会迎面便撞上剧场里大面积的喝彩。

之后的一切,就是大家都熟悉的一个故事了。幸福的家庭都是相似的,幸运的书的命运也都是相似的。读者的欢迎,批评界的好评,各种奖项与传媒的炒作。这本书的命运进展到这样一个模式里,我与之倒有了一种生分的感觉。我不能说这一切不是我所期望。我只是要说,这些成功的喜悦与当初创作这本书时的快乐以及刚结束时体会的那种巨大的幸福感确乎是无法比较的。

我说过了,这本书离开我的打印机,开始其命运旅途之后,她的故事里便加入了很多人的创造。在此,对每一个看重她,善待她的有关机构、领导、师长、朋友表示衷心的谢意,感谢你们在我力所不及的地方,推进了这本书的故事的进展。如果要为施惠于这本书的人开一个名单,那将会非常漫长。同时,每一本书走向公众之后,每一个读者都在阅读过程中不断参与和创造。在此,我也要向每一位读者表示我的谢意。

今天,当《尘埃落定》与我的名字联系在一起,频频出现在报端时,我确乎感到,它是离我远去了。是的,她正在顺风而去。而对我来说,另一个需要从混沌的背景中剥离出来的故事,又在什么地方等待着了。

穿行于异质文化之间

——在国际比较文学
学会上的演讲

> 因为我是一个藏族人,是中国的少数民族,少数民族文化的非主流特性自然而然让我关注世界上那些非主流文化的作家如何做出独特、真实的表达。在这一点上,美国文学中的犹太作家与黑人作家也给了我很多的经验。

大会主席、与会的各位女士、各位先生:

十分荣幸有这样一个机会,以一个已经开始怀念生命与创作的青春时代作家的身份,在这样一个大会上来表达一些关于文学的想法。

我不是专门的批评家,不是文化学者,而是以一个作家的身份在这里发言。我想,当一个作家表现良好的时候,他也具有以上这些专家的某些敏锐与深刻的素质;当一个作家表现庸常,那么,他就什么都不是了,连一个作家的称谓也难以担当了。我想,大会所以提供给我这个讲坛,可能是因为在中国当代文学格局中,我还当得起作家这样一个称谓,我想更是由于我个人身份与创作上有一些比较特殊的地方,或许会让一些与会的与我曾经同样的年轻,同样想在文学上有所作为的,也许更野心勃勃的同行,看到一个较有意味的成长个案。

个案的搜集与探究不能帮助我们建构理念,但我们可以期望,也许这个案会有助于我们固化理念,并使理念的表达更加有力,更加丰满。

我是一个用汉语写作的藏族人。

我出生于四川省西北部的阿坝藏族羌族自治州。从富饶的成都平原,向西向北,到青藏高原,其间是一个渐次升高的群山与峡谷构成的过渡带。这个过渡带在藏语中称为"嘉绒",一种语义学上的考证认为,这个古藏语词汇的意思是靠近汉人区山口的农业耕作区。直到目前为止,还有数十万藏族人在这一地区过着农耕或半农半牧的生活。我本人就出身于这样一个在河谷台地上农耕的家族。今年我42岁。其中有三十六年,都生活在我称其为肉体与精神原乡的这片山水之间。到今天为止,我离开那片土地还不到六年时间。

从童年时代起,一个藏族人注定就要在两种语言之间流浪。

在就读的学校,从小学,到中学,再到更高等的学校,我们学习汉语,使用汉语。回到日常生活中,又依然用藏语交流,表达我们看到的一切,和这一切所引起的全部感受。在我成长的年代,如果一个藏语乡村背景的年轻人,最后一次走出学校大门时,已经能够纯熟地用汉语会话和书写,那就意味着,他有可能脱离艰苦而蒙昧的农人生活。我们这一代的藏族知识分子大多是这样,可以用汉语会话与书写,但母语藏语,却像童年时代一样,依然是一种口头语言。汉语是统领着广大乡野的城镇的语言。藏语的乡野就汇集在这些讲着官方语言的城镇的四周。每当我走出狭小的城镇,进入广大的乡野,就会感到在两种语言之间的流浪。看到两种语言笼罩下呈现出不同的心灵景观。我想,这肯定是一种奇异的经验。我想,世界上会有越来越多的人加入这种体验。

我想,正是在两种语言间的不断穿行,培养了我最初的文学敏感,使我成为一个用汉语写作的藏族作家。

从地理上看，我生活的地区从来就不是藏族文化的中心地带，更因为自己不懂藏文，不能接触藏语的书面文学。

我作为一个藏族人更多是从藏族民间口耳传承的神话、部族传说、家族传说、人物故事和寓言中吸收营养。这些东西中有非常强的民间立场和民间色彩。藏族书面的文化或文学传统中，往往带上了过于强烈的佛教色彩，而佛教并非藏族人生活中原生的宗教。所以，那些在乡野中流传于百姓口头的故事反而包含了更多的藏民族原本的思维习惯与审美特征，包含了更多对世界朴素而又深刻的看法。这些看法的表达更多的依赖于感性的丰沛而非理性的清晰。这种方式正是文学所需要的方式。

通过这些故事与传说，我学会了怎么把握时间，呈现空间，学会了怎样面对命运与激情。然后，用汉语，这非母语却能够娴熟运用的文字表达出来。我发现，无论是在诗歌还是小说中，这种创作过程中就已产生的异质感与疏离感，运用得当，会非常有效地扩大作品的意义与情感空间。

汉语和汉语文学有着悠久深沉的伟大传统，我使用汉语建立自己的文学世界，自然而然会沿袭并发展这一伟大传统。但对我这一代中国作家来说，不管他属于中国五十六个民族中哪一个民族，成为一个汉语作家并不意味着只是单一地承袭汉语文学传统。我们这一代人是在中国面对世界打开国门后不久走上文学道路的，所以，比起许多前辈的中国作家来，有更多的幸运。

其中最大的一个幸运，就是从创作之初就与许多当代西方作家的成功作品在汉语中相逢。

我庆幸自己是这一代作家中的一员。我们这一代作家差不多都可以开列出一个长长的西方当代作家作品的名单。对我而言，最初走上文学道路的时候，很多小说家与诗人都曾让我感到新鲜的启示，感到巨大的冲击。仅就诗人而言，我就阶段性地喜欢过阿莱桑德雷、阿波里奈尔、瓦雷里、叶芝、里尔克、埃利蒂斯、布罗茨基、桑德堡、聂鲁达等诗人。这一时期，当然也生吞活剥了几乎所有西方当代文学大师翻译为中文的作品。

大量的阅读最终会导致有意识的借鉴与选择。

对我个人而言，应该说美国当代文学给了我更多的影响。我个人认为，许多当代的文学流派都产生于欧洲，美国小说家并没有谁特别刻意地用某种流派的旗号作为号召与标志，但大多数成功的美国当代作家都能吸收欧洲最新文学思潮并与自己的新大陆生活融合到一起，创造出一个崭新的文学世界，而且更少规则的拘束，更富于来自大地与生活的创造性与成长性。

因为我长期生活其中的那个世界的地理特点与文化特性，使我对那些更完整地呈现出地域文化特性的作家给予更多的关注。在这个方面，福克纳与美国南方文学中波特、韦尔蒂和奥康纳这样一些作家，就给了我很多启示。换句话说，我从他们那里，学到很多描绘独特地理中人文特性的方法。

因为我是一个藏族人，是中国的少数民族，少数民族文化的非主流特性自然而然让我关注世界上那些非主流文化的作家如何做出独特、真实的表达。在这一点上，美国文学中的犹太作家与黑人作家也给了我很多的经验。比如，辛格与莫瑞森这两位诺贝尔文学奖获得者如何讲述有关鬼魂的故事。比如，从菲利普·罗斯和艾里森那里看到他们如何表达文化与人格的失语症。我想，这个名单还可以一直开列下去，来说明文学如何用交互式影响的方式，在不同文化、不同国度、不同个体身上发生作用。

我身上没有批评家指称的那种"影响焦虑症"，所以，我乐于承认我从别处得到的文学滋养。

在我的意识中，文学传统从来不是一个固定的概念，而像一条不断融汇众多支流，从而不断开阔深沉的浩大河流。我们从下游捧起任何一滴,都会包容了上游所有支流中的全部因子。我们包容,然后以自己的创造加入这条河流浩大的合唱。我相信,这种众多声音的汇集,最终会相当和谐,相当壮美地带着我们的心中的诗意,我们不愿沉沦的情感直达天庭。

佛经上有一句话,大意是说,声音去到天上就成了大声音,大声音是为了让更多的众生听见。要让自己的声音变成这样一种大声音,除了有效的借鉴,更重要的始终是,自己通过人生体验获得的历史感与命运感,让滚烫的血液与真实的情感,潜行在字里行间。

文学本身要带给这个纷乱世界的本是一个美好的祝愿,在这里,我最后要带给各位的,是对更为年轻的同行们未来的创造致以最美好的祝愿。

谢谢大家!

人是出发点,也是目的地

——第七届华语文学传媒大奖获奖词

在我的理解中,小说家是这样一种人,他要在不同的国度与不同的种族间传递信息,这些信息林林总总,但归根结底,都是关于人的命运与福祉。

谢谢华语传媒大奖直接让作家本人以自己的名字来得到这个奖项。

过去得奖,我不太觉得跟自己有太大的关系,因为那些奖项总是给予某一部具体的作品,你走上领奖台时,感觉好像是那本书懒得出席,而派出的一个代表。虽然那本书是你自己的作品,出自你的笔下。但在我的感觉中,得奖的不是我,而是某一本书,或者是某一篇小说。我没有因为得奖而特别高兴过,并不是因为什么特别高妙的原因。我在另一次的得奖演说中说过这样的话:故事从我脑子里走出来,到了电脑磁盘里。又经过打印机一行行流淌到纸上。那是十多年前,随着网络的普及,连打印这个过程也省略了。一个"发送"的指令,这本书就如此轻易而神秘地离开了。从此,这本书就不再属于我了。她开始了自己的历程,踏上了自己的命运之旅。我不知道别的作家是不是有过这样的感觉,我却深深感到,从此,我对她将来的际遇是无能为力了。作家的责任是写出好作品,但作家不能对书本的命运提供一个万全的保险。在此点上,作家和他的书只能听凭好运气的光临。一个作家所能保证的,就是在写作的过程中做最大的努力,这是我有自信的一个方面。自信是因为奉献了全部的心智真诚。同时,却无力也不愿为作品以后的际遇而承担责任,于是,当一本书得了某个奖项,我都归因于这本书的好运气。她遇到了那么多喜欢她的人,而不是我。而我这个写作了她的人,未必就有那么讨人喜欢。或者说,写作者如果要忠于一个作家的职责,也许还会制造出一些对立面,而不是让所有人都与自己站在同一个立场上。正是因为这样一个原因,当我代表某一个作品去登上领奖台时,我的确不是显得那么欢欣鼓舞。

但是,今天登上这个领奖台有些不同。一个作家当然是因为创作的作品而享获奖励,毕竟,这一次,至少在形式上,我的感觉是这个奖项直接给予了作家本人,而让他的作品藏在了这个人的后面,我直接感到我的劳动得到了肯定。于是,这一次,我真切地想要对使我得奖的机构与评委表示深切的谢意!

在今天这样一个时代,不只是知识分子,就是一般识文断字的读书人,眼光都越来越向外。外国的思想、外国的生活方式、外国的流行文化,差不多事无巨细无所不知,对巴黎街边一杯咖啡的津津有味,远超过对于中国自身现实的关注。而中国深远内陆的乡村与小镇,边疆丛林与高旷地带的少数族群的生活越来越遗落在今天读书阶层,更准确地说是文化消费阶层的视野之外。所以,我对自己关于深远内陆与少数族群的书写,还能得到这样的关注、这样的肯定、这样的支持而感到宽慰。尤其是,这种肯定来自一个有影响力的媒体,来自一些一直在进行负责的社会文化批评的评委,更使我深感荣幸。我特别想指出的是,有关藏族历史、文化与当下生活的书写,外部世界的期待大多数时候会基于一种想象。想象成遍布宗教上师的国度,想象成传奇故事的摇篮,想象成我们所有生活的反面。而在这个民族内部也有很多人,愿意做种种展示(包括书写)来满足这种想象,让人产生美丽的误读。把青藏高原上这个民族文明长时期停滞不前，描绘成集体沉迷于一种高妙的精神生活的自然结果。特别是去年拉萨"3·14"事件发生后，在国际上，这种"美丽"的误读更加甚嚣尘上。尤其使人感到忧虑的是，那样的不幸事件发生后，在国内，在民间，一些新的误解正在悄然出现——虽然并不普遍，但确实正在出现。这些误解会在民间，在不同民族的人民中间，布下互不信任的种子。在很多年前，我就说过，我的写作不是为了渲染这片高原如何神秘，渲染这个高原上的人们生活得如何超然世外，而是为了祛除魅惑，告诉这个世界，这个族群的人们也是人类大家庭中的一员。他们最最需要的，就是作为人，而不是神的臣仆而生活。他们因为蒙昧，因为弄不清楚尘世生活如此艰难的缘故，而把自己的命运无条件托付给神祇已经上千年了。20世纪以来，地理与思想的禁锢之门被渐渐打开。这里的大多数人才得以知道，在他们生活的狭小世界之外还有一个更为广大，更为多姿多彩，因而也就更复杂，初看起来更让人无所适从的世界。而他们跨入全新生活的过程，必定有更多的犹疑不决，更多的艰难。尘世间的幸福是这个世界上绝大多数人的目标，全世界的人都有一个共识：不是每一个追求福祉的人都能达到目的，更不要说，对很多人来说，这种福祉也如宗教般的理想一样难以实现。于是，很多追求这些幸福的人也只是饱尝了过程的艰难，而始终与渴求的目标越发遥远。所以，一个刚刚由蒙昧走向开化的族群中的那些普通人的命运理应从这个世界得到更多的理解与同情。我想，我所做的工作的主要意义就在于此——呈现这个并不为人所知的世界中，一个一个人的命运故事。

我所以强调以个人命运为对象的叙事方式，首先当然是因为这是一个小说家必然的方式，更重要的是，我并不认为，一个僧侣，或者别的什么人，有资格合情合理合法地代表这个神秘帷幕背后的世界上所有的人民。只有那些一个一个的个体,众多个体的集合,才可能构成一个族群,一种文化的完整面貌,只有这种集合,才能真正地充实一个概念。可悲的是,无论是在中国,还是在中国那个被叫做西藏的地方,总是少数人天然地成为所有人的代言。而这些代言往往出于一己之私,或者身处其中的利益集团的需要,任意篡改与歪曲族群与文化这些概念的内涵。

我自己就曾经生活在故事里那些普通的藏族人中间,是他们中的一员。我把他们的故事讲给这个世界上更多的人听。民族、社会、文化,甚至国家,不是概念,更不是想象。在我看来,是一个一个人的集合,才构成那些宏大的概念。要使宏大的概念不至于空洞,不至于被人盗用或窜改,我们还得回到一个一个人的命运,看看他们的经历与遭遇,生活与命运,努力与挣扎。对一个小说家来说,这几乎就是他的使命,是他多少有益于这个社会的唯一的途径,也是他唯一的目的。当然,还有很多因素会吸引一个小说家,我们讲述故事所依凭的那种语言的秘密,自在的也是强大的自然,看似稳定却又流变不居的文化,当然还有前述那些宏大的概念,但人才是根本。依一个小说家的观点看,去掉了人,人的命运与福祉,那些宏大概念是没有任何意义的。所以,对一个小说家来说,人是出发点,人也是目的地。在我的理解中,小说家是这样一种人,他要在不同的国度与不同的种族间传递信息,这些信息林林总总,但归根结底,都是关于沟通与了解,而真实,是沟通与了解最必需的基石。很多时候,看到外界对我脱胎其中的文化的误读仍在继续,而在这个文化内部,一些人努力提供着不全面的材料,来把外界的关注引导到错误方向的时候,我会对自己的工作感到绝望。但绝望不是动摇。这种局面正说明,需要有人来做这种恢复全貌的工作,做描绘普通人在这种文化中真实的生存境况的工作。而今天得到的这个奖项,正是对我所从事的工作的最大的理解与支持。我要在此对这种同情与支持再次表达深切的谢意。

今天,在得到一个享有美誉的文学奖项的眷顾时,我更要感谢文学。

对我来说,文学不是一个职业,一种兴趣爱好。文学对我而言,具有更为深广的意义:她是我自我教育,自我提升的途径;是我从自我狭小的经验通往广大世界的,进而融入大千世界的唯一方式。我生长于荒僻的乡村,上过学,但上过的小学、初中和中等师范都是最不正规的那一种。上小学和初中是在"文革"期间。大家知道,那时的学校应该没有给学生提供什么好的世界观,甚至可以说,那种教育一直在教我们用一种扭曲的、非人性的眼光来看待世界与人生,让我带着这种不正确的世界观走入了生活,而那时我置身其中的生活似乎也不会给一个年轻人好的指引。社会上只有少部分人在自觉排除过去的年代注入体内的毒素,更多人以为因这些毒素而发着低烧是一种正常的状态。好在这时,我遭逢了文学。不是当时流行的文学。那些尘封在图书馆中的伟大的经典重见天日,而在书店里,隔三岔五,会有一两本好书出现。没有人指引,我就独自开始贪婪地阅读。至今我也想不明白,自己怎么就能把那些夹杂在一大堆坏书和平庸的书中的好书挑选出来。大家知道,我自己来自一个宗教压倒一切的文化。但是,在众神与凡人之间,那么多的神职人员却让人对宗教失去了信仰。但在回首往事时,我曾想过,上天真的有一种巨大的意志,在冥冥之中给予人超越凡尘的帮助吗?那个时候,我并没有想过要当一个作家。我只是贪婪地阅读,觉得这种阅读是一种很好的自我教育。在我周围,至多是有善良的人,但没有伟大的人。但在书的背后,站立着一个一个的巨人,在夜深人静的时候,他们就会站出来,站在台灯的暗影里,指引我,教导我。也许是有些矫枉过正了,以后,我拒绝过很多再次走进学校的机会。这当然是来自我过去的经验。但我很放心把自己交给文学,让文学来教育我,提升我。

在我的经验中,大多数人都在为生存而挣扎,而争斗,但文学让我懂得,人生不只是这些内容,即便最为卑微的人,也有着自己的精神向往。而精神向往,并不是简单地托付给中介机构一样的神职人员,或者另外什么人,就可以平稳地过渡到无忧无虑无始无终的天国,而是在自己的内心生出能让自己温暖、也让旁人感到安全与温馨的念想,让她像一朵花结为蓓蕾悄然开放,然后,把众多的种子撒播在那些荒芜的土地之上。

文学的教育使我懂得,家世、阶层、文化、种族、国家这些种种分别,只是方便人与人互相辨识,而不应当是竖立在人际之间不可逾越的界限。当这些界限不只标注于地图,更是横亘在人心之中时,文学所要做的,是寻求人所以为人的共同特性,是跨越这些界限,消除不同人群之间的误解、歧视与仇恨。文学所使用的武器是关怀、理解、尊重与同情。文学的教育让我不再因为出身而自感卑贱,也不再让我因为身上的文化因子,以热爱的名义陷于褊狭。

文学的教育使我懂得,自己的写作,首先是巩固自己的内心,不是试图去教育他人。文学是潜移默化的感染,用自己的内心的坚定去感染,而不是用一些漂亮的说辞。

我不想说,我和自己的同时代人一样,接受的是一种蔑视美、践踏美的教育,至少,那是一种没有审美内容的教育,或者说,是以粗暴,以强力,以仇恨为美的教育。我自己也曾用这样的眼光来打量这个世界。是文学让我走出这个内心的牢狱。让我能够发现并欣赏这个世界上的美。在美还不普遍的时代心怀着对美更高的憧憬。

我这样说,当然包括感谢文学让我成为一个作家,改变了我的命运。更重要的是,是文学关于人类普遍命运的教育,关于增添人性光辉的教育,关于给这个世界增加更多美好的教育,关于一个人应该有丰沛而健康情感的教育,把我这样一个生长于蒙昧而严酷环境中,因而缺乏对人生与世界正确情怀的人,变成了一个大致正常的人。如果说,我对将来的自己还有更大的信心,也是因为相信,通过文学这个途径,我将吸取到更多的人类的精神成果,相信通过这样的学习与吸收,自己将变得更加正常,更加进取,更加健康。

我只感到世界扑面而来

——在渤海大学的演讲

> 作家表达一种文化,不是为了向世界展览某种文化元素,不是急于向世界呈现某种人无我有的独特性,而是探究这个文化"与全世界的关系",以使世界的文化图像更臻完整。

这次受《当代作家评论》杂志林建法先生的邀请,来渤海大学参加交流活动,他预先布置任务,一个是要与何言宏先生做一个对话,一个是要我准备一个单独的演讲,无论是何先生预先传给我的对话要点,还是林建法主编的意思,都是要我侧重谈谈民族文学与世界文学,或者说是民族性与世界性之关系这样一个话题。这是文学艺术界经常谈及的话题,同时也是一个越谈越歧见百出,难以定论的话题。

去年10月到11月间,有机会去墨西哥、巴西、阿根廷做了一次不太长的旅行。我要说这是一次很有意思的旅行,一方面是与过去只在文字中神会过的地理与人文遭逢,一方面,也是对自己初上文学之路时最初旅程的一次回顾。在这次旅行中,我携带的机上读物,都是20世纪80年代阅读过的拉美作家的作品。同行的人,除了作家,还有导演、演员、造型艺术家。长途飞行中,大家也传看这几本书,并在不同的国度,不同的地理环境中交换对这些书的看法,至少都认为:这样的书,对直接体会拉丁美洲的文化特质与精神气韵,是最便捷、最有力的入门书。我说的是同行者的印象,而对我来说,意义显然远不止于此。我是在胡安·鲁尔弗的高原上行走,我是在若热·亚马多的丛林中行走,我是在博尔赫斯的复杂街巷中行走!穿行在如此广阔的大地之上,我穿越的现实是双重的,一个实际的情形在眼前展开,一个由那些作家的文字所塑造。我没有机会去寻访印加文化的旧址,但在玛雅文化的那些辉煌的废墟之上,我想,会不会在拐过某一座金字塔和仙人掌交织的阴影下与巴勃罗·聂鲁达猝然相逢。其实也就是与自己文学的青春时代猝然相逢。

　　之所以提起一段本该自己不断深味的旅行,是因为在那样的旅途上自己确实想了很多。而所思所想,大多与林建法先生给我指定的有关民族与世界的题目有着相当直接的关系。对我来说,在拉美大地上重温拉美文学,就是重温自己的80年代,那时,一直被禁闭的精神之门訇然开启,不是我们走向世界,而是世界向着我们扑面而来。外部世界精神领域中的那些伟大而又新奇的成果像汹涌的浪头,像汹涌的光向着我们迎面扑来,使我们热情激荡,又使我们头晕目眩。

　　林建法先生的命题作业正好与上述感触重合纠缠在一起,所以我只好索性就从拉美文学说起,其间想必会有一些关涉到与民族性与世界性这个话题相关的地方。

　　所谓民族性与世界性,在我看来,在中国文学界,是一个颇让人感到困扰,却又长谈不已的话题。从我刚刚踏上文坛开始,就有很多人围绕着这个话题发表了很多的看法,直到今天,如果我们愿意平心静气地把这些议论作一个冷静客观的估量,结果可能令人失望。因为,迄今为止,与二十多年前刚开始讨论这些问题时相比,在认知的广度与深度上并未有多大的进展。而且,与那时相比较,今天,我们的很多议论可能是为了议论而议论,是思维与言说的惯性使然,而缺乏当年讨论这些话题时的紧迫与真诚。一些基本原理已经被强调了一遍又一遍,可是具体到小说领域,民族化与世界性这样的决定性因素在每一个作家身上,在每一部成功抑或失败的作品中究竟起到怎样的作用,尤其是如何起到作用,还是缺少有说服力的探讨。

这个题目很大,如果正面突破,我思辨能力的缺乏马上就会暴露无遗。那么,作为一个有些写作经验的写作者,结合自己的创作实践,结合自己的作品,来谈一谈自己在创作道路上如何遭逢到这些巨大的命题,它们怎么样在给我启示的同时,也给我更多的困扰,同时,在排除了部分困扰的过程中,又得到怎样的经验。把这个过程贡献出来,也许真会是个值得探求一番的个案。

谈到这里,我就想起了萨义德的一段话:所有文化都能延伸出关于自己和他人的辩证关系,主语"我"是本土的,真实的,熟悉的,而宾语"它"或"你"则是外来的或许危险的,不同的,陌生的。

以我的理解,萨义德这段话,正好关涉到了所谓民族与世界这样一个看似寻常,但其中却暗含了许多陷阱的话题。"我"是民族的,内部的,"它"或"你"是外部的,也就是世界的。如果"它"和"你",不是全部的外部世界,那也是外部世界的一个部分,"我"通过"它"和"你",揣度"它"和"你",最后是要达到整个世界。这是一个作家的野心,也是任何一种文化在当今世界的生存、发展,甚至是消亡之道。

就我自己来说,从上个世纪 80 年代开始写作,那时正是汉语小说的写作掀起了文化寻根热潮的时期。作为一个初试啼声的文学青年,行步未稳之时,很容易就被裹挟到这样一个潮流中去了。尤其是考虑到我的藏人身份,考虑到我依存着那样一种到目前为止还被大多数人看得相当神秘奇特的西藏文化背景,很容易为自己加入这样的文化大合唱找到合乎情理的依据。首先是正在学习的历史帮助了我。有些时候,历史的教训往往比文学的告诉更为有力而直接。历史告诉了我什么呢？历史告诉我说，如果我们刚刚走出了意识形态决定论的阴影，又立即相信文化是一种无往不胜的利器，像相信咒语一样相信"越是民族的就越是世界的"这样的斩钉截铁的话，那我们可能还是没有摆脱把文学看成一种工具的旧思维。历史还告诉我们，文学，从其产生的第一天起，就作用于我们的灵魂与情感，无论古今中外，都自有其独立的价值。它是文化的一个重要的组成部分，它可以丰富一种文化，但绝对不是用于展示某种文化的一个工具。

文学所起的功用不是阐释一种文化，而是帮助建设与丰富一种文化。

正因为如此，我刚开始写作就有些裹足不前，看到了可能不该怎么做，但又不知道应该怎么做。刚刚上路，就在岔路口徘徊，选不到一个让人感到信心的前行方向。你从理性上有一个基本判断，再到把这些认识融入具体的写作实践中还是一个非常艰难的过程。具体说来就是，这样的认识只是否定了什么，那么你又相信什么？又如何把你所相信的观念形态的东西融入具体的文体？从80年代中到90年代初，应该说，我就这样左右彷徨徘徊了差不多十年时间。最后，是大量的阅读帮助我解决了问题。

先说我的困境是什么。我的困境就是用汉语来写汉语尚未获得经验来表达的青藏高原的藏人的生活。汉语写过异域生活，比如唐诗里的边塞诗，"西出阳关无故人"，因为就是离开汉语覆盖的文化区，进入异族地带了。但是，在高适、王昌龄们的笔下，另外那个陌生的文化并没有出现，那个疆域只是供他们抒发带着苍凉意味的英雄情怀，还是征服者的立场，原住民没有出现。王国维在《人间词话》中说过："纳兰容若以自然之眼观物，以自然之舌言情。此由初原，未染汉人风气，故能真切如此。北宋以来，一人而已。"我依此指引，读过很多纳兰容若，却感觉并不解决问题，因为所谓

"未染汉人风气",也是从局部的审美而言,大的思想文化背景,纳兰容若还是很彻底地被当时的汉语和汉语背后的文化"化"过来了的。

差不多相同意味的,我可以举元代萨都拉的一首诗:"祭天马酒洒平野,沙际风来草亦香。白马如云向西北,紫驼银瓮赐诸王。"

"沙际风来草亦香,""白马如云向西北",与边塞诗相比,这北地荒漠中的歌唱,除了一样的雄浑壮阔,自有非汉文化观察感受同一自然界的洒脱与欢快。这自然是非汉语作家对于丰富汉语审美经验的贡献。但也只是限于一种个人经验的抒发,并未上升到文化的高度。而且,这样的作品在整个浩如烟海的中国文学中并不多见。

更明确地说,这样零星的经验并不足以让我这样的非汉语作家在汉语写作中建立起足以支持漫长写作生涯的充分自信。

好在我们已经生活在一个与纳兰容若和萨都拉们完全不同的时代,其中最大的不同,就是我们有条件通过汉语沟通整个世界。这其中自然包括了遥远的美洲大陆。讲拉丁语的美洲大陆,也包括讲英语的美洲大陆。

在这个时期,美洲大陆两个伟大的诗人成为我文学上的导师:西班牙语的聂鲁达和英语的惠特曼。

不是因为我们握有民族文化的资源就自动地走向了世界,而是我们打开国门,打开心门,让世界向我们走来。

当世界扑面而来,才发现外面的世界不是一个简单的板块,而是很绚丽复杂的拼盘。我的发现就是在这个文学的版图中,好些不同的世界也曾像我的世界一样暗哑无声。但是,他们终于向着整个世界发出了自己洪亮的声音。聂鲁达们操着西班牙语,而这种语言是几百年前他们的祖先从另一个大陆带过来的。但是,他们在美洲已经很多很多年了。即便是从血统上讲,他们也不再全部来自欧洲。拉美还有大量的土著印第安人以及来自非洲的黑人。在几百年的时间里,不同肤色的血统与文化都在彼此交融。从而产生出新的人群与新的文化。但在文学上,他们还模仿着欧洲老家的方式与腔调。从而造成了文学表达与现实、与心灵的严重脱节。拉丁美洲越来越急切地要用自己的方式表达自己,并向世界发言。告诉世界,自己也是这个世界中一个庄严的成员。如今我们所知道的那些造成了拉美文学"爆炸"的作家群中的好些人,比如卡彭铁尔,亲身参与了彼时风靡欧洲大陆的超现实主义文学运动,还能够身在巴黎直接用法语像艾吕雅们一样娴熟地写作。但就是这个卡彭铁尔,在很多年后回顾这个过程时,这样表达为什么他们重新回到拉美,并从此开始重新出发。拉丁美洲作家,"他本人只能在本大陆印第安编年史家这个位置上找到自己存在的理由,为本大陆的现在和过去而工作,同时展示与全世界的关系。"他们大多不是印第安人,但认同拉丁美洲的历史有欧洲文化之外的另一个源头。这句话还有一层意思,我本人也是非常认同的,那就是认为作家表达一种文化,不是为了向世界展览某种文化元素,不是急于向世界呈现某种人无我有的独特性,而是探究这个文化"与全世界的关系",以使世界的文化图像更臻完整。用聂鲁达的诗句来说,世界失去这样的表达,"就是熄灭大地上的一盏灯。"

  的确,卡彭铁尔不是一个孤证,巴勃罗·聂鲁达在他的伟大的诗歌《亚美利加的爱》中就直接宣称,他要歌唱的是"我的没有名字不叫亚美利加的大地"。如果我的理解没有太大的偏差,那么他要说的就是要直接呈现那个没有被欧洲语言完全覆盖的美洲。在这首长诗的一开始,他就直接宣称:

  我来到这里,是为了歌唱历史
  从野牛的宁静,直到

大地尽头被冲击的沙滩
在南极光下聚集的泡沫里
从委内瑞拉阴凉安详的峭壁洞窟
我寻找你,我的父亲
混沌的青铜的年轻武士

接下来,他干脆直接宣称:"我,泥土的印加的后裔!"而他寻找的那个"混沌的青铜的年轻武士",不是堂·吉诃德那样的骑士,而是一个相貌堂堂的古代印加勇士。

我很为自己庆幸,刚刚走上文学道路不久,并没有迷茫徘徊多久,就遭逢了这样伟大的诗人,我更庆幸自己没有曲解他们的意思,更没有只从他们的伟大的作品中取来一些炫技性的技法来障人耳目。我找到他们,是知道了自己将从什么样的地方,以什么样的方式重新上路出发,破除了搜罗奇风异俗就是发挥民族性,把独特性直接等同于世界性的沉重迷思。

从此我知道,一个作家应该尽量用整个世界已经结晶出来的文化思想成果尽量地装备自己。哲学、历史学、地理学、人类学……不是把这些二手知识匆忙地塞入作品,而是用由此获得的全新眼光,来观察在自己身边因为失语而日渐沉沦的历史与人生。很多的人生,没有被表现不是没有表现的价值,而是没有找到表现的方法。很多现实没有得到的观察,是因为缺乏思想资源而无从观察。

也许无论是地理还是文化都丰富多彩的拉丁美洲就具有这样的魅力,连写出了宏传严谨的理论巨著《文化人类学》的人类学家列维-斯特劳斯,当他考察的笔触伸向这片大陆的时候,也采用了非常文学化的结构与语言,写下了《忧郁的热带》这样感性而不乏深邃的考察笔记。

所以,我准备写作自己的第一部长篇小说《尘埃落定》的时候,就从马尔克斯、阿斯图里亚斯们那里学到了一个非常宝贵的东西。不是模仿《百年孤独》和《总统先生》那些喧闹奇异的文体，而是研究他们为什么会写出这样的作品。我自己得出的感受就是一方面不拒绝世界上最新文学思潮的洗礼，另一方面却深深地潜入民间，把藏族民间依然生动、依然流传不已的口传文学的因素融入小说世界的构建与营造中。在我的故乡，人们要传承需要传承的记忆，大多时候不是通过书写，而是通过讲述。在高大坚固的家屋里，在火塘旁，老一代人向这个家族的新一代传递着这些故事。每一个人都在传递，更重要的是，口头传说的一个最重要的特性就是，每一个人在传递这个文本的时候，都会进行一些有意无意的加工。增加一个细节，修改一句对话，特别是其中一些近乎奇迹的东西，被不断地放大。最后，现实的面目一点点地模糊，奇迹的成分一点点地增多，故事本身一天比一天具有了更多的浪漫，更强的美感，更加具有震撼人心的情感力量。于是，历史变成了传奇。

是的，民间传说总是更多诉诸情感而不是理性。有了这些传说作为依托，我来讲述末世土司故事的时候，就不再刻意去区分哪些是曾经真实的历史，哪些地方留下了超越现实的传奇飘逸的影子。在我的小说中，只有不可能的情感，而没有不可能的事情。于是，我在写作这个故事的时候，便获得了空前的自由。我知道，很多作家同行会因为所谓的"真实"这个文学命题的不断困扰，而在写作过程中感到举步维艰，感到想象力的束缚。我也曾经受到过同样的困扰，是民间传说那种在现实世界与幻想世界之间自由穿越的方式，给了我启发，给了我自由，给了我无限的表达空间。

这就是拉美文学给我带来的最深刻的启发。不是对某一部作品的简单的模仿，而是通过对他们创作之路的深刻体会后找到了自己的道路。

二十多岁的时候，我常常背着聂鲁达的诗集，在我故乡四周数万平方公里的土地上四处漫游。走过那些高山大川、村庄、城镇、人群、果园,包括那些已经被丛林吞噬的人类生存过的遗迹。各种感受绵密而结实,更在草原与群山间的村落中,聆听到很多本土的口传文学。那些村庄史、部落史、民族史,也有很多英雄人物的历史。而拉美爆炸文学中的一些代表性的作家,比如阿斯图里亚斯、马尔克斯、卡彭铁尔等作家的成功最重要的一个实践,就是把风行世界的超现实主义文学的东西与拉丁美洲的印第安土著的口传神话传统嫁接到了一起。从而创造出一种全新的只能属于西班牙语美洲的文学语言系统。卡彭铁尔给这种语言系统的命名是"巴罗克语言"。他说:"这是拉丁美洲人的敏感之所在。"是不是为了标新立异才需要这样一种语言,不是,他说:"为了认识和表现这个新世界,人们需要新的词汇,而一种新的词汇将意味着一种新的观念。"

这句话有一个重点,首先是认识,然后才是表现,然后才谈得上表现,但我们今天,常常在未有认识之前,就急于表现。为了表现而表现,为了独特而表现。为什么要独特?因为需要另外世界的承认与发现。

在我看来,一个小说家在写作过程中,感受更多的还是形式的问题:语言、节奏、结构。任何一个环节处理不好,都会让你失掉一部真正的小说。一个好的小说家,就是在碰到可能写出一部好小说的素材的时候,没有错过这样的机会。要想不错过这样的机会,光有写好小说的雄心壮志是不够的,光有某些方面的天赋也是不够的。这时,就有新的问题产生出来了:什么样的形式是好的形式?好的形式除了很好表达内容之外,会不会对内容产生提升的作用?好的形式从哪里来?这些都是小说家应该花大量的时间——在写作中,在阅读中——去尝试,去思考的。

我从2005年开始写作六卷本的长篇小说《空山》,直到今年春节前,才终于完成了第六卷的写作。这是一次非常费力的远征。这是一次自我设置了相当难度的写作。我所要写的这个机村的故事,是有一定独特性的,那就是它描述了一种文化在半个世纪中的衰落,同时,我也希望它是具有普遍性的,因为这个村庄首先是一个中国的农耕的村庄,然后才是一个藏族人的村庄,和中国很多很多的农耕的村庄一模一样。这些本来自给自足的村庄从20世纪50年代起就经受了各种政治运动的激荡,一种生产组织方式,一种社会刚刚建立,人们甚至还来不及适应这种方式,一种新的方式又在强行推行了。经过这些不间断的运动,旧有秩序、伦理、生产组织方式都受到了毁灭性的打击。维系社会的旧道德被摧毁,而新的道德并未像新制度的推行者想象的那样建立起来。我正在写作《空山》第三卷的时候,曾得到一个机会去美国做一个较长时期的考察,我和翻译开着车在美国中西部的农业区走过了好些地方。那里的乡村的确安详而又富足,就是在那样的地方,我常常想起斯坦培克的巨著《愤怒的葡萄》。那些美国乡镇给人的感觉绝不只是物质的富足,那些乡镇上的人们看上去,比在纽约和芝加哥街头那些匆匆奔忙的人更显得自尊与安闲。但在斯坦培克描述的那个时期,这些地区确实也曾被人祸与天灾所摧残,但无论世事如何艰难,命运如何悲惨,他们最后的道德防线没有失守,当制度的错误得到纠正,当上天不再降下频仍的灾难,大地很快就恢复了生机,才以这样一种平和富足的面貌呈现在一个旅人眼前。

但这不是我的国度,我的家园。

80年代,我们的乡村似乎恢复了一些生气,生产秩序短暂回复到过去的状态,但人心却回不去了。而且,因为制度安排的缺陷,刚刚恢复生机的乡村又被由城市主导的现代经济冲击得七零八落。乡村已经不可能回到自给自足的时代了,但在参与更大的经济循环中去的时候,乡村的利益却完全被忘记了。于是,乡村在整整半个世纪中失去了机会。而这五十年恰恰是世界经济发展最快的五十年,也是经济发展给数以亿计的人们物质与文化生活都得到最快提升的五十年。所以,我写的是一个村庄,但不止是一个村庄。我写的是一个藏族的村庄,但绝不只是为了某种独特性,为了可以挖掘也可以生造的文化符号使小说显得光怪陆离而来写这个异族的村庄。再说一次,我所写的是一个中国的村庄。在故事里,这个村庄最终已然消亡。它会有机会再生吗?也许。我不忍心抹杀了最后希望的亮光。

那么,这个故事是民族的还是世界的?这本书的内容,是独特的还是普遍的?在整个写作过程中,我最大的努力就是不让这样的问题来困扰我。

那时,我就想起年轻时就给我和聂鲁达一样巨大影响的惠特曼。他用旧大陆的英语,首先全面地表现了新大陆生机勃勃的气象。在某些时候,他比聂鲁达更舒展,更宽广。那时我时常温习他的诗句:"大地和人的粗糙所包含的意义和大地和人的精微所包含的一样多/除了个人品质什么都不能持久!"

他还常常发出欢呼:"形象出现了!/任何使用斧头的形象,使用者的形象,和一切邻近于他们的人的形象。/形象出现了!/出入频繁的门户的形象。/好消息与坏消息进进出出的门户的形象!"

这也是我对文艺之神的最多的企求:让我脑海中出现形象,人的形象,命运事先就在他们脸庞与腰身上打下了烙印的乡村同胞的形象。生命刚刚展开,就显得异常艰难的形象。曾经抗争过命运,最后却不得不逆来顺受者的形象。与惠特曼不同的是,我无从发出那样的欢呼,我只是为了不要轻易遗忘而默默书写,也是为了对未来抱有不灭的希望。

正是从惠特曼开始,我开始进入英语北美的文学世界,相比南方的拉美作家,应该说,更大群、更多样化的美国作家的作品,特别是美国犹太作家和黑人作家给了我更持久的影响与启发。

写作《尘埃落定》的时候,我吃惊小说怎么这么快速地完成了。而在写作《空山》这部小说的时候,我却一直盼望着它早一点结束。现在,它终于完成了,我终于把过于沉重的担子从肩上卸下来,心中却不免有些茫然。很久,我都不让这部小说出现在我的脑海中。直到要来参加这次活动,觉得该谈一谈。才让它重新进入我的意识中。如果需要回应一下开始时的话题,也就是说,这部小说是民族的还是世界的?或者因为它是民族的,因此自动就是世界的。我想,有些小说非常适合作这样的文本分析。但我会更高兴地看到,《空山》不会那么容易地被人装入这样的理论筐子里边。不是被拣入装山药的筐子,就是被拣到装西红柿的筐子。我想有些骄傲地说,可能不大容易。直到现在,我还是只感到人物命运的起伏——那也是小说叙事的内在节律,我感到人物的形象逐一呈现——这也关乎小说的结构,然后,是那个村庄的形象最初的显现与最后的消失。民族、世界这些概念,我在写作时已经全然忘记,现在也不想用这些彼此相斥又相吸,像把玩着一对电磁体正负极不同接触方式一样把玩着这样的概念,我只想让自己被命运之感所充满。

需要申明一点,小说名叫《空山》与王维那两句闲适的著名诗句没有任何关联。如果说,这本书与拉美文学还有什么联系,那就是写作过程中,我常常想起一本拉美人写的政论性著作《拉丁美洲被切开的血管》,因为我们的报章上还开始披露,这本书所写的那个五十年,中国的乡村如何向城市,中国的农业如何向工业——输血。是的,就是这个医学名词,同样由外国人拥有发明权。

最后,我想照应一下演讲的题目,那是半句话。整句话是:我只是打开了心门,我没有走向世界,而是整个世界向我扑面而来!

文学表达的民间资源

——在中央民大等高校的演讲

     民间传说总是更多诉诸情感而不是理性。是民间传说那种在现实世界与幻想世界之间自由穿越的方式，给了我启发，给了我自由，给了我无限的表达空间。

  很长一段时间了，我必须不断地谈《尘埃落定》，这个来自越来越遥远的时间的一个部族集体记忆深处的故事。谈主题，谈文本，谈语言，谈作为背景的社会与政治，谈有些哗众取宠的趣闻逸事。这是我被引导着进入自己作品的规定角度，也是在大多数情况下，我们试图进入一部作品时最方便的门径。但这种方便法门，并不总能让我们顺利地登堂入室。与此同时，一些特别的门径完全被忽略了。对某些作家来讲，这种忽略可能致使其不能完全地进入真正的文学状态。这种错误的另一个结果可能是，一部作品找到了很多读者，却找不到一个能作出恰当诠释的批评家。

  在我看来，好些非常有名的、被很多人诠释过的作品，都面临着这样的尴尬。最著名的两本书，是两个得诺贝尔奖的作家的代表作。一本当然是马尔克斯的《百年孤独》，一本是莫瑞森的《宝贝》。我不知道这两本书在西班牙语和英语的语境中是怎样被批评的。但我知道，这两本译为中文已经很长时间的书，在中文的语境中是被怎样批评与言说的。这些批评与言说，如果只是批评圈子里的自说自话倒也罢了,但这些批评的结论与得出结论的方式,往往影响到很多读者的阅读方式,也影响到许多写作者的路径取向。

比如莫瑞森小说中的差不多无处不在的鬼魂,它是怎么在这部小说中出现的?它为什么会出现?仅仅是作家有意设置的烘托气氛的手段,或是赋予了特别意义的象征性符号?它最初的来源是否就是作家灵感突至的结果?至少在我看到的批评中,这些可能真正让人感兴趣的问题却在有意无意之中被忽略了。一些批评忙于揭示其中可能包含的美国社会矛盾和美国民主政治的虚伪,这其实和很多美国人诠释中国文学的方式如出一辙。也有一些批评则断章取义,把一部完整的作品为我所用,支持我论点的东西,便加以呈现,否则便让其永远沉陷在那束理论之光永远光照不到的黑暗之中。我们看到过在黑夜的世界里,一束光如何照亮很小的一片地方,而舍弃了真正广大存在的景象。当今的批评中,这种景象实在是十分普遍。

莫瑞森是一个非常杰出的作家,但在中国批评界与创作界中,她的名声远比马尔克斯要小。《宝贝》这部杰作也常常被忽略。而人人都能够谈的是《百年孤独》。从小说开头的那一句话,到书中那些光怪陆离的场景,再到纯政治性的对殖民主义的揭露与抗议等。而且,大家也都因此知道了一个词:魔幻现实主义。这个主义代表了一个喧闹的,多彩的,差不多随心所欲的,无所不能的文体。魔幻在这里的意思差不多与魔术相当。魔术可以引领我们逃避真实。

自《百年孤独》登陆并风靡了中国以后,所有富于想象的作品,都面临被贴上一个魔幻标签的危险。我特别担心,那个遥远的,曾经十分喧闹的,匪夷所思的,已经重新陷落于记忆与雨林深处日渐朽腐的马孔多镇,会被中国文学当成所有超凡想象的唯一源头。

在当年的魔幻热潮中,我便开始琢磨马尔克斯和马尔克斯们是怎么开始魔幻起来的。于是读鲁尔弗、卡彭铁尔、阿斯图里亚斯、富恩斯特等一系列的拉美作家。看这群人的想象为什么会发生集体性的爆发。在此之前,拉美大陆的作家只是用西班牙语写着一些西班牙式的小说。终于,这些急于摆脱旧大陆影响的人们,建立了自己独立的诗歌帝国。这个帝国的核心是聂鲁达,聂鲁达的诗歌王国的制高点《巴克楚比克楚》,便是美洲大陆本土的印第安文化最辉煌高峻的圣殿。

这首诗也为我们解读整个拉美的文学爆炸提供了两条重要的线索:一条,来自欧陆的超现实主义文学的影响;一条,拉美本土印第安文化传统在西班牙语的拉美文学中的复活。

在拉美,这样两条在时空上相距遥远的意识之流奇妙地汇集到一起,产生出一条新的河流。这条河流在一个新大陆上,激情四溢地四处流淌,随时随地开辟出新的河床。我们应该看到,这样一种文学大潮的出现,既与来自外部世界的最新的艺术观念与技术试验有很大关系,更与复活本土文化意识的努力密切相关。但在大多数情况下,我们是把马尔克斯们当成一个孤立的事件来看待的。至少,从众多的评介文字中,我们只能得出这样的印象。拉美的文学爆炸就像关于宇宙起源的大爆炸假说一样,没有任何先决的条件。魔幻现实主义所受的超现实主义的影响被忽略了,而作家们发掘印第安神话与传说,复活其中一些审美与认知方式的努力则更是被这种或那种方法论圈定了界限的批评排除在视野之外。

从此,魔幻现实主义这样一个未必明了的概念便常常用来指称所有具有超现实因素的作品。这种简单化的方式,把整个拉美的爆炸文学等同于魔幻现实主义,魔幻现实主义又等同于马尔克斯一个作家,马尔克斯一个作家又等同于《百年孤独》这一部作品。

就其从把复杂纷纭的事物变得简单与绝对这一点来说,我们的很多批评家应该改行去做"数学家"了。

当然,如果这仅仅是用以评介那些作品,我们也无话可说,但这种批评方式很快又蔓延到对中国当代文学的评介之中。新时期的中国文学从技术到观念,受了很多不同流派不同风格不同思想作家的影响。这种影响往往是以重叠而交叉的方式发生的,这样复杂的影响方式在成功的作家的成功作品中体现得特别明显。这句话用另一种方式来表达就是,一个只会模仿的作家绝对不会是一个好的作家。当今的批评往往用剖析模仿性作品的方式来对待那些富有创造性的作品。

即便我们要把中国作家所有的创新努力都算到模仿外国作家的账上,那么,一些具有异质感,有些超常想象与超现实场景的作品,也绝非对一个魔幻现实主义,一个马尔克斯的反复模仿那么简单。前面我已经提到了一张与马尔克斯同道的拉美作家的名单。虽然我见识不多,也还读过许多富于幻想性的作品。比如法国人埃梅,比如意大利人卡尔维诺,还有前面提到的莫瑞森(就读读《所罗门之歌》那富于超现实意味的开头吧)。如果说到一些单篇的作品,我们至少可以提到卡夫卡的《变形记》,尤瑟纳尔的《王佛的保命之道》。所以,我不知道是中国批评家偷懒只读了马尔克斯,还是如此一致地崇拜着马尔克斯。

也许,我们认为文学的想象到马尔克斯为止。所以,任何作家的作品出现超现实的场景都是在马尔克斯的香蕉园里"跳舞"。也许,我们认为超现实的现象、诗意的想象是魔幻现实主义的专利,所以,中国作家在这方面的任何建树,都侵犯了人家的专利权。

文学源流的梳理,自从有文学批评,有文学史以来,就开始进行了。而且积累了很多各有所长的方法。但是,中国当代文学得到的对待往往过于简单了。在这样一个境况下,如果有谁还盼望对另一个源头,即本族文化的源头与基因进行一些梳理与考量,那也会成为一个超现实的想象。刚才说过,马尔克斯们那种多彩多姿、喧闹不已的文体,有很大一部分,来自他们对印第安神话与传说的研究,其中包含了他们复活已经日渐湮灭的印第安文化意识的共同努力。在我看来,当下的一些中国作家也在做着同样的努力。

这里,我想谈谈自己的书《尘埃落定》。关于这本书的真正批评不多,但就我看到的而言,多是做了一些源流上的大致梳理。所以,我就想避开这个路数,来谈谈这本书的民间文化来源。

这本书取材于藏民族中的嘉绒部族的历史,与藏民族民间的集体记忆与表述方式之间有着必然的渊源。当然我只能做一些感性的陈述,而不是理性的归纳。这一方面是由于我个人缺乏做理性归纳的系统的学术训练,同时,我也担心,过于理性阐释会损伤感性表述的能力。

我也常常问自己一个别人常来问我的问题。这个故事是怎么来的,这个故事中的人物是怎么来的,为什么用这样的方式讲述这样一个故事。恰好借近段时间为人民文学出版社编辑文集的机会,检点旧作,重新梳理一遍自己近二十年的文学创作道路,也就从其中发现了一些端倪。

最近的一个例证,是一篇发表于1987年《西藏文学》上的短篇小说《阿古顿巴》(长江文艺出版社"跨世纪文丛"《月光下的银匠》收录)。阿古顿巴,是的,就是那个差不多每个藏族人都能讲几个有关他的故事的那个阿古顿巴。我不知道是哪个伟大的无名的民间艺术家最先创造了这个人物,但我知道,在漫长的历史进程中,在不同的地区,在不同的藏语方言中,有无数的老百姓不断地添加着,丰富着这个人物的故事。使之成为了一个代表了大多数人心愿与理想的人物,一个平凡的英雄,一个与占统治地位的强势群体相对抗的平民英雄。更有意思的是,在所有这些故事中,都没有关于阿古顿巴形象的正面描写。这一切促使我开始想象他是什么样子,什么样的出身,什么样的经历,什么样的性格,更主要的是,他因为什么获得了那种觉悟。于是,我在好奇心的驱使下写出了那个短篇小说。从最浅的层面上来说,是想为这样一个伟大的民间英雄造像,给他制作一份情感与思想档案,一份生活履历。在那篇小说中,阿古顿巴是较之居住于宏伟辉煌的寺院中许多职业僧侣具有更多的佛性的人,一个更加敏感的人,一个经常思考的人,也是一个常常不得不随波逐流的人。在我的想象中,他有点像佛教的创始人,也是自己所出身的贵族阶级的叛徒。他背弃了握有巨大世俗权力与话语权力的贵族阶级,背弃了巨大的财富,走向了贫困的民间、失语的民间,走到了自感卑贱的黑头藏民中间,用质朴的方式思想,用民间的智慧反抗。

或者,在写作《阿古顿巴》这个故事的时候,傻子的形象就呼之欲出了:"阿古顿巴一生下来,就不大受当领主的父亲的宠爱……阿古顿巴从小就在富裕的庄园里过着孤独的生活。冬天,在高大的寨楼前面,坐在光滑的石阶上享受太阳的温暖;夏日,在院子里一株株苹果树、核桃树的树荫下陷入沉思。他的脑袋很大,宽广的额头下是一双忧郁的眼睛,正是这双沉静的、早慧的眼睛真正看到了四季的开始与结束,以及人们早以为熟知的生活。……'他就那样坐在自己脑袋下面,悄无声息。'"

在故事中,阿古顿巴四处漫游,他每到一个地区,"他的故事已经先期抵达","部落里已经有人梦见阿古顿巴要来拯救他们"。

他告诉人们,自己是阿古顿巴。

"人们看着这个状貌滑稽,形容枯槁的人说:'你不是阿古顿巴。'"

故事里的阿古顿巴甚至有可能成为先知式的人物,但他这个百姓的代言人最终却受困于百姓无止境的要求,也受困于绝望的爱情,最终还是成为了一个孤独的,有些异禀的俗人。

这个故事是把民间流传的许多阿古顿巴的故事串联了几个而写成的。

《尘埃落定》出版以后,许多专业人士从西方文学传统中,从汉语言文学传统中,追溯傻子少爷这个形象的缘起。是的,不管我们属于中国这个民族大家庭中的哪一个民族,只要你用汉语进行创作,你就必须遵从汉语言的深厚绵远的传统,自然而然地,就要从这个传统中寻求启示和滋养。而从20世纪开始,又有许许多多的西方文学经典被翻译为汉语,于是,通过汉语这种伟大的语言,我们的文学视野扩展到了整个世界。我们说这是个资源共享的时代,我想绝不仅仅是指物质资源的共享,更为重要的是文化资源的共享。所以,我非常乐于承认自己通过汉语受到的汉语文学的滋养,也非常乐于承认自己受到的世界文学的影响。

一个令人遗憾的情况是,一方面西藏的自然界和藏文化被视为世界性的话题,但在具体的研究中,真正的民族民间文化却很难进入批评界的视野。所以,阿古顿巴这个民间传说中的人物与《尘埃落定》中的傻子之间,那种若有若无的联系之不被人注意,好像就成了一个命定的事情。

我曾经坚定地认为,作为一个写作者,不应该出来对自己的作品进行诠释与说明。但是,面临目前的情况,我不得不违背自己的原则,出来对这个故事,对故事里的人物的民间文化来源做一些说明。因为这不仅关涉着我的某一部作品的诠释,而且中国很多少数民族文学的作家作品都可能遭逢到这样一个情形,至少,在我所接触到的有关藏族的作家作品的评说中,对民间文化影响的忽略应该说是一种广泛的存在。好像我们的知识之树越壮大,学科的分支越来越多,民间文化资源的开掘、整理与严格的文学批评之间的鸿沟就越发巨大。两个学科的研究人员可能就工作生活在同一个机构,但在学问上完全可能老死不相往来。而创作实践中的我们,或者是我自己,却不能依据学科的分野来规划自己所创造的那个世界的疆界。我们可能就在这些学科之间的边疆地带获得很好的成长。

回到《尘埃落定》这部小说,在塑造傻子少爷这个形象时,我并没有很理性地告诉自己,为了一个生动的故事,为了一个能够超越一般历史真实与生活真实层面的故事,我需要一个既能置身一切进程之中,同时又能随时随地超然物外的这样一个人物。但当写作开始,小说的意义空间与情感空间逐渐敞开,我意识到了这样一种需要。这时,我想到了多年以前在短篇小说中描绘过的那个民间的智者阿古顿巴,憨厚而又聪明的阿古顿巴,面目庸常而身上时时有灵光闪现的阿古顿巴。在他一系列的故事中,他从来没有复杂的计谋和深奥的盘算,他用聪明人最始料不及的简单破解一切复杂的机关。

于是,我大致找到了塑造傻子少爷的方法,那就是与老百姓塑造阿古顿巴这个民间智者一样的大致方法。

我说大致,是我自信自己完全不必照搬这个模式,而应该有所创造与发展。

我的傻子少爷大部分时候随波逐流,生活在习俗与历史的巨大惯性中间,他只是偶尔灵光闪现,从最简单的地方提出最本质最致命的问题。因为人们习惯于复杂的思考,而在那些最简单的地方,却从未有人发言,所以,他的那些话便几乎成为了真理。是的,情形就是这样。所以,我知道民间文化的精华是怎样被忽视,被遗忘。而我生于民间,长于民间,知道在藏民族的日常生活中,强大的官方话语、宗教话语并没有淹没一切。在这里,我必须说,不是我开掘了这个宝库,而是命运给了我这个无比丰厚的馈赠。

至于说，从一个古老民间传说的人物到一个现代小说中的人物，在这个奇妙的过程中，发生了怎样的流变，怎样幻化，又怎样重新定型，这是一个复杂的理论问题，我相信在文学史上也应该存在着与之类似的现象，也有很多批评家进行过多方专门的探讨，并且希望这种有益的探讨能够继续下去。

《尘埃落定》引人注目，其中的一个重要因素，当然是因为傻子这个特别的形象，除此之外，这本小说的文体，准确地说，它讲述故事的方式也引起了较多的关注。我在文体上的成功，许多眼界开阔的批评家都正确而敏锐地指出了写作者从世界各国的书面文学中所受到的影响，也指出了我由此前的诗歌写作中所受到的比较纯粹的语言训练。但是，这种文体创造中所受到的民间文化的影响同样被忽略了。

这种忽略不是一种公正的现象。这不是对我的不公正，我从这本书中得到的好评与奖励与市场回报，早已超出了我的预期。这种不公正是对民间文化的不公正。所以，我觉得自己有义务来说明这种渊源。这种说明，既是对一种文体的来源做一个补充说明，也是对哺育我成长的母族文化表达深切的谢意。

在藏族普通百姓的生活中，书面文学的影响是极其微弱的，在漫长的历史过程中，书面文学深藏于寺院红墙之中，作为宗教传播的一种手段，被人为地神秘化了，远远地脱离了老百姓的日常生活。于是，一切需要传承的集体记忆，比如部族的历史，村落的历史，家族的历史，只是永不休止地在口头传递。一个少年，坐在冬日温暖的火塘旁出神地聆听。

我在一首叫做《庞大家庭》的诗歌中对此情景有过描绘：

祖父的额头日渐光滑明亮

和祖母的手臂一样，和

紫檀木雕成的一样，回声犹如黄铜

> 家人团聚的日子,在中央
> 多皱纹的父母承上启下
> 传递奶罐、茶、辣椒、盐
> 盐闪烁像奉在门楣的白色石英
> 我的同辈,兄弟姊妹
> 这个说,饼,那个说,奶
> 每一张脸都彼此相似,都像
> 树上被晒出紫红的果实
> 悬在空中是很长的时间很宽的空间
> 现在,听哪
> 茶在大家庭的血脉中声音细软
> 酒在大家庭的血脉中声音粗放
> 血脉贯通,同一种血抵达
> 一张张坚定固执的脸,声如铜缶

就这样,日子一天天过去,这个少年终于老去。

于是,在自己高大坚固的家屋里,在火塘旁,他又向这个家族新一代的少年人传递这些故事。每一个人都在传递,更重要的是,口头传说一个最重要的特性就是,每一个人在传递这个文本的时候,都会进行一些有意无意的加工。增加一个细节,修改一句对话,特别是其中一些近乎奇迹的东西,被不断地放大。最后,现实的面目一点点地模糊,因为众多的奇迹,传说一天比一天具有更多浪漫的美感,更加具有震撼人心的情感力量。于是,历史变成了传奇。

是的,民间传说总是更多诉诸情感而不是理性。有了这些传说作为依托,我讲述这个故事的时候,就不必刻意区分哪些是曾经真实的存在,哪些地方留下了超越现实的传奇飘逸的影子。在我的小说中,只有不可能的情感,而没有不可能的事情。于是,我在写作这个故事的时候,便获得了空前的自由。我知道,很多作家同行会因为所谓的"真实"这个文学命题的不断困扰,而在写作过程中感到举步维艰,感到想象力的束缚。我也曾经受到过同样的困扰,是民间传说那种在现实世界与幻想世界之间自由穿越的方式,给了我启发,给了我自由,给了我无限的表达空间。

今天,我所以在这里从人物形象与文体两个方面指出《尘埃落定》所受到的民间文化的影响,是因为这种影响被长久地忽略了。但是,我又特别担心,会有人觉得有了民间文化便有了一切,然后,又把我这一番话当成对书面文学影响的变相否认。所以,我必须说,这部小说的成功,还有很多方面的因素。比如我在地方史、宗教史方面积累的知识,比如能通过汉语言从各国优秀文学中吸取的丰厚的营养,比如,我把我的故乡放在世界文化这个大格局和整个人类历史规律中进行的考量与思想。一本书的完成,是很多因素综合作用的结果,片面地夸大某个方面,将其视为决定性的因素,都不是一个科学的考量方法。

最后我想说的是,汉语言文学自有其深厚的幻想传统,但是,自从有了源自苏联的文学观念以后,我们好像忘记了自己产生过《搜神记》、《西游记》和《聊斋志异》这样一个优美自由的文学传统。当中国的汉语作家开始有意无意地接续上这个传统时,我们千万不要妄自菲薄,只从外国去寻找其遗传来源。

落不定的尘埃

——《尘埃落定》后记

差不多是两年前初秋的一个日子,我写完了这本小说最后一个字,并回到开头的地方,回到第一个小标题"野画眉"前,写下了大标题《尘埃落定》。直到今天,我还认为这是一个好题目。小说里曾经那样喧嚣与张扬的一切,随着必然的毁弃与遗忘趋于平静。

就我本身而言,在长达八个月的写作过程中,许多情愫,许多意绪,所有抽象的感悟和具体的捕捉能力,许多在写作过程中生出来的对人生与世界的更为深刻的体验,都曾在内心里动荡激扬,就像马队与人群在干燥的山谷里奔驰时留下的高高的尘土,像炎热夏天里突兀而起的旋风在湖面上搅起高高的水柱。现在,小说完成了,所有曾经被唤醒、被激发的一切,都从升得最高最飘的空中慢慢落下来,落入晦暗的意识深处,重新归于了平静。当然,这个过程也不是一种突然的中止,巨大的尘埃落下很快,有点像一个交响乐队,随着一个统一的休止符,指挥一个有力的收束的手势,戛然而止。

但好的音乐必然会有余音绕梁,一些细小的尘埃仍然会在空中飘浮一段时间。

于是,我又用长篇中的银匠与那个有些古怪的行刑人家族的故事,写成了两个中篇《月光里的银匠》与《行刑人尔依》,差不多有十二万字。写银匠是将小说里未能充分展开的部分进行了充分的表达。而写行刑人的八万字，对我来说更有意思一些，因为，行刑人在这个新的故事里，成为了中心，因为这个中心而使故事，使人产生了新的可能性。从而也显示出一篇小说的多种可能性。这两个中篇小说分别发表在《人民文学》与《花城》杂志上，喜欢这部小说的人，有兴趣可以参看一下。

两个中篇完成已是冬天，我是坐在火炉边写完这些故事的。此时，尘埃才算完全落定了。窗外不远的山城上，疏朗的桦林间是斑驳的积雪。涤尽了浮尘的积雪在阳光下闪烁着幽微的光芒。

每当想起马尔克斯写完《百年孤独》时的情景，总有一种特别的感动。作家走下幽闭的小阁楼，妻子用一种不带问号的口吻问他：克雷地亚上校死了。加西亚·马尔克斯哭了。我想这是一种至美至大的境界。写完这部小说后，我走出家门，把作为这部作品背景的地区重走一遭，我需要从地理上重新将其感觉一遍。不然，它真要变成小说里那种样子了。眼下，我最需要的是使一切都回复到正常的状态。小说是具有超越性的，因而世界的面貌在现实中完全可能是另外一种样子。

一种更能为人所接受的说法应该是：历史与现实本身的面貌，更加广阔，更加深远，同样一段现实，一种空间，具有成为多种故事的可能性。所以，这部小说，只是写出了我肉体与精神原乡的一个方面，只是写出了它的一种状态，或者说是我对它某一方面的理解。我不能设想自己写一种全景式的鸿篇巨制，写一种幅面很宽的东西，那样的话，可能会过于拘泥历史与现实，可能在很大程度上被营造真实感耗散精力，很难有自己的理想与生发。我相信，作家在长篇小说中从过去那种上帝般的全知全能到今天更个性化、更加置身其中的叙述，这不止是小说观念的变化，作家的才能也发生了一些变化。或者说，这个时代选择了另一类才具的人来担任作家这个职业。

如果真的承认一个时代有一个时代的小说,那么也就应该承认一个时代有一个时代的作家。

这个时代的作家应该在处理特别的题材时,也有一种普遍的眼光。普遍的历史感,普遍的人性指向。特别的题材,特别的视角,特别的手法,都不是为了特别而特别。在这一点上,我决不无条件地同意越是民族的便越是世界的这种笼统的说法。我会在写作过程中,努力追求一种普遍的意义,追求一点寓言般的效果。

因为我的族别,我的生活经历,这个看似独特的题材的选取是一种必然。如果呈现在大家面前的这部小说真还有一些特别之处,那只是为了一种更为酣畅,更为写意,从而也更为深刻的表达。今天重读这部小说,我很难说自己在这方面取得了多大的成功,但我清楚地看到了自己在其中所做的努力。我至少相信自己贡献出了一些铭心刻骨的东西。正像米兰·昆德拉喜欢引用的胡塞尔的那句话:"因为人被认识的激情抓住了。"

至少在我想到下一部作品的时候,我看到了继续努力的方向,而不会像刚在电脑上打出这部小说的第一行字句时,那样游移不定,那样迷茫。

在这部作品诞生的时候,我就生活在小说里的乡土所包围的偏僻的小城,非常汉化的一座小城。走在小城的街上,抬头就可以看见笔下正在描绘的那些看起来毫无变化的石头寨子,看到虽然被严重摧残,但仍然雄伟旷远的景色。但我知道,自己的写作过程其实是身在故乡而深刻的怀乡。这不仅是因为小城里已经是另一种生活,就是在那些乡野里,群山深谷中间,生活已是另外一番模样。故乡已然失去了它原来的面貌。血性刚烈的英雄时代,蛮勇过人的浪漫时代早已结束。像空谷回声一样,渐行渐远。在一种形态到另一种形态的过渡期时,社会总是显得卑俗;从一种文明过渡到另一种文明,人心委琐而浑浊。所以,这部小说,是我作为一个原乡人在精神上寻找真正故乡的一种努力。我没有力量在一部小说里像政治家一样为人们描述明天的社会图景,尽管我十分愿意这样。现在我已生活在远离故乡的城市,但这部小说,可以帮助我时时怀乡。

在我怀念或者根据某种激情臆造的故乡中,人是主体。即或将其当成一种文化符号来看待,也显得相当简洁有力。而在现代社会,人的内心更多的隐秘与曲折,却避免不了被一些更大的力量超越与充斥的命运。如果考虑到这些技术的、政治的力量是多么强大,那么,人的具体价值被忽略不计,也就不难理解了。其实,许多人性灵上的东西,在此前就已经被自身所遗忘。

这样的小说当然不会采用目下的畅销书的写法。

我也不期望自己的小说雅俗共赏。

我相信,真正描绘出了自己心灵图景的小说会挑选读者。

前些天,一个朋友打开了我的电脑,开始从第一章往下看,我很高兴地看到她一边移动光标,一边发出了心领神会的微笑。我十分珍视她所具有的幽默感与感悟能力。她正是我需要的那种读者。一定的文学素养,一双人性的眼睛,一个智慧的头脑,一颗健康活泼的心灵,而且很少先入为主的理念。至少我可以斗胆地说,我更希望是这样的读者来阅读我的小说,就像读者有权利随意表示自己喜欢哪一种小说一样。

在我们国家,在这个象形表意的方块文字统治的国度里,人们在阅读这种异族题材的作品时,会更多地对里面一些奇特的风习感到一种特别的兴趣。作为这本书的作者,我并不反对大家这样做,但同时也希望大家注意到在我前面提到过的那种普遍性。因为这种普遍性才是我在作品中着力追寻的东西。这本书从构思到现在,我都尽了最大的力量,不把异族的生活写成一种牧歌式的东西。很长时间以来,一种流行的异族题材写法使严酷生活中张扬的生活力,在一种有意无意的粉饰中,被软化于无形之中。

异族人过的并不是另类人生。欢乐与悲伤,幸福与痛苦,获得与失落,所有这些需要,从它们让感情承载的重荷来看,生活在此处与别处,生活在此时与彼时,并没有什么太大的区别。所以,我为这部小说呼唤没有偏见的,或者说愿意克服自己偏见的读者。因为故事里面的角色与我们大家有同样的名字:人。

当然,这部小说肯定不会,也不能只显现出思想与时间的特质,它同时也服从了昆德拉所说的那种游戏的召唤。虚构是一种游戏,巧妙和谐的文字也是一种游戏,如果我们愿意承认这一点的话,严肃的小说里也有一个巨大的游戏空间。至少,对于富于智慧与健康心智的人来说,会是这样。

想想当有一天,又一种尘埃落定,这个时代成为一个怀旧的题材,我们自己在其中,又以什么样的风范垂示于久远呢?

而当某种神秘的风从某个特定的方向吹来,落定的尘埃又泛起,那时,我的手指不得不像一个舞蹈症患者,在电脑键盘上疯狂地跳动了。下一部小说,我想变换一个主题,关于肉体与精神上的双重流浪。看哪,落定的尘埃又微微泛起,山间的大路上,细小的石英沙尘在阳光下闪烁出耀眼的光芒。我的人本来就在路上,现在是多么好,我的心也在路上了。

唉,一路都是落不定的尘埃。你是谁?你看,一柱光线穿过那些寂静而幽暗的空间,便照见了许多细小的微尘飘浮,像茫茫宇宙中那些星球在运转。

《空山》三记

——有关《空山》的三个问题

我不哀悼文化的消亡。但我希望对这种消亡,就如人类对生命的死亡一样,有一定的尊重。尊重旧的,不是反对新的,而是对新的寄予了更高的希望,希望其更人道,更文明。

一、什么样的空,什么样的山

2005年3月,北京一次饭局,第二天我将受邀去美国考察。考察的目标是与对方共同商定的:美国本土的少数族裔的生存状况和美国的乡村。一个语言不通的人,将要独自在异国的土地上去那么多地方,而且还要考察那么宽泛而复杂的对象,心里当然有些忐忑,不是害怕,是不安,害怕自己考察归来时一无所获,辜负了邀请方的美意。准备出行的日子一直都在试图克服这种不安。克服的方式无非是多读些书,预先做一些案头工作,不使自己在进入一个陌生的领域时显得盲目与唐突。在饭局上,不安暂时被放下了,和出版社的朋友们商定《空山》前两卷的出版事宜。酒过三巡,一份合同摆在了面前,没有太过细致地推敲那份合同,就签上了名字。朋友们也知道,我并不是一个特别在意合同中那些与作者权益有关的条款的人。这不是说我不关心自己的利益,而是我一直觉得,当一本书稿离开了我的案头,就开始了它自己的旅程。我始终觉得一本书与一个人一样,会有着自己的命运。有着自己的坎坷,自己的好运,或者被命运之光所照亮,或者被本来需要认知的人们所漠视。一个作家,可以尽力写一本书,但无力改变书籍这种奇异的命运。正是有了这样的想法,就觉得过于执著于一份合同的条款,并不会在真正的意义上改变一本书最终的命运。

彼时,我高兴的是有这么一顿酒,把我从临行之前的忐忑之中解脱出来。酒席将散的时候,突然发现,合同中的那本书还没有名字。大家看着我,说想一个名字吧。于是,我沉吟一阵后,脱口说《空山》。看表情就知道大家不满意这个名字。但是,没有人想出一个更好的名字来。那就叫这个名字了?就叫这个名字吧。飞美国的时间那么长,在班机上再想想?我没有反对。但我知道我不会再想了。因为这时我倒坚定起来了,这本书已经写出来的和将要写出来的部分,合起来都叫《空山》了。

只是,我对自己说,这不是"空山新雨后,天气晚来秋"那个"空山"。没那么空灵,那么写意。不是汉语诗歌里那个路数,没有那么只顾借山抒怀,而并不真正关心那山的真实面貌。我的写作不是那种不及物的路数。

想出这个名字时,像电影里的闪回镜头一样,我突然看到我少年时代的那片深山。那时候,我生活在一个非常狭小的世界。具体地说,就是一个村庄所关涉到的一片天地:山峰、河谷、土地、森林、牧场,一些交叉往复的道路。具体而言,也就是几十平方公里大的一块地方。在我成长的过程中,那曾是一个多么广大的世界!直到有一天,一个地质勘探队来到了那个小小的村庄。那些人显然比我们更能洞悉这个世界,他们的工作就是叩问地底的秘密。这一切,自然激起了蒙昧乡村中一个孩子的好奇。而这些人显然喜欢有好奇心的孩子。有一天,其中的一个人问,想不想知道你们村子在什么地方?这真是一个奇妙的问题,他们的帐篷就搭在村子里的空地上,村子就在我们四周。狗和猪来来去去,人们半饥半饱,但到时候,每一家房顶上,依然会飘散起淡蓝色的炊烟。在这么一种氛围中,一张巨幅的黑白照片在我面前铺开了。这是一张航拍的照片。满纸都是崎岖的山脉,纵横交织,明亮的部分是山的阳坡和山顶的积雪,而那些浓重的黑影,是山的阴面。地质队员对孩子说,来,找找你的村子。我没有找到。不只是没有我的村子,这张航拍图上没有任何一个村子。只有山,高耸的山和蜿蜒的山。后来,是他们指给我一道山的皱褶,说,你的村子在这里。他们说,这是从很高很高的天上看下来的景象。村子里的人以为只有神可以从天上往下界看,但现在,我看到了一张人从天上看下来的图像。这个图景里没有人,也没有村子,只有山,连绵不绝的山。现在想来,这张照片甚至改变了我的世界观,或者说,从此改变了我思想的走向。我从此知道,不只是神才能从高处俯瞰人间。再者,从这张照片看来,太高的地方也看不清人间。构成我全部童年世界和大部分少年世界的那个以一个村庄为中心的广大世界竟然从高处一点都不能看见。这个村子,和这个村子一样的周围的村子,竟然一无所见。所见的就是一片空山。所谓"空山",就是这么一个意思。

  好多年过去了,我想自己差不多都忘掉这段经历了。

  但在那一天,却突然记起。那么具体的人,那么具体的乡村,那么具体的痛苦、艰难、希望、苏醒,以及更多的迷茫,所有这些,从高远处看去,却一点也不着痕迹。遥远与切近,就构成了这样一种奇妙的关系。具体地描写时,我知道自己有着清晰的痛感,但现在,我愿意与之保持住一定的距离。从此,这一系列的乡村故事,有了一个共同的名字:空山。

这个世界还有另一个维度,叫做时间。在大多数语境中,时间就是历史的同义词。历史像一个长焦距的镜头,可以一下子把当前推向遥远。当然,也能把遥远的景物拉到眼前,近了是艰难行进的村子,推远了,依然是一派青翠的"空山"。

或者如一个在中国并不知名的非洲诗人的吟唱:"黑色,应该高唱:啊,月亮,出来吧!请在高山之上升起。"

月亮升起来,从高处看下去,从远处看过去,除了山,我们一无所见,但我们也许愿意降低一点高度,那么,我们会看见什么?而更重要的问题是,本可以一无所见,那我们为什么偏偏要去看见?

二、个别的乡村,还是所有的乡村

应该承认,当时我并没有这么多的联想,只是那个几乎已经被遗忘的情景突然被记起,突然意识到那个场景所包含的某种启迪。第二天,我就登上了去美国的飞机。然后,洛杉矶、华盛顿、纽约、波士顿、弗吉尼亚、亚特兰大、印第安纳、夏威夷……描述行程时,我只能写出这些城市的名字,但我要说的不是这些城市,而是这些城市之间的那些广大的异国的乡村。

在异国的乡村为自己的乡村而伤情。

中国的乡村看起来广大无比,但生存的空间却十分促狭,而且,正在变得更加促狭。但在异国的乡村,我看到了这些乡村还有自己的纵深之处。一个农夫骑着高头大马,或者开着皮卡出现在高速路边上,但在他的身后,原野很广阔。一些土地在生长作物,而另外一些土地却在休养生息。只是生长着野草闲花。一定的时候,拖拉机开来,把这些草与花翻到地下,就成为很好的有机肥。把那些土块隔开的是大片的森林,在林子的边缘,是那些农庄。这种景象,在经济学家或政治家的描述中,就是中国乡村的未来——大部人进入城市,一些农村也城镇化,然后,剩下的农村大致就成为这个样子。

这是现今的中国告诉给农民的未来,而在此前,中国的农民已经被告知,并被迫相信过不同的未来。这个未来最为世俗,也最为直观,因为这种未来在地球上的好些地方都已出现。但必须承认,对一个中国农民来说,这个未来也非常遥远。他们不知道这个未来在什么时候实现。也许,此刻在某一间中国农舍中孕育的新生命可能生活在这个未来中间。美好憧憬与严酷现实之间的距离,反倒加深了他们的痛苦。因为现实时刻在给他们教训,那些未来太过遥远。而在他们实际的经验中,对幸福稍许的透支都需要用苦难来加倍偿还。人民公社时,刚刚放开肚子在食堂里吃了几天,后来,就要以饿死许多人命作为抵偿。长此以往,中国的乡村可能在未到达这个未来时就衰竭不堪了。这个衰竭,不只是乡村的人,更包括乡村的土地。我在异国看到休耕以恢复地力的土地时,就想到在我们这里,因为人口的重负,土地也只是在不断地耗竭,而很难得到休养生息。

我总担心这种过分耗竭会使中国的乡村失去未来。也许因为这个我会受到一些谴责,或者说,我已经受到过一些责难,可是我想,作家当然要服从人类所以成为人类的一些基本的理念。作家没有权利因为某些未经验证的观念而去修改现实。

未来需要有一个纵深,而中国的乡村没有自己的纵深。这个纵深首先是指一个有回旋余地的生存空间。中国大多数乡村没有这样的空间。另一个纵深当然是指心灵,在那些地方,封建时代那些构筑了乡村基本伦理的耕读世家已经破败消失,文化已经出走。乡村剩下的只是简单的物质生产,精神上早已经荒芜不堪。精神的乡村,伦理的乡村早就破碎不堪,成为了一片精神荒野。

我并不天真地以为异国的乡村就是天堂。我明白,我所见者是斯坦培克描绘过的产生过巨大灾难的乡野,福克纳也以悲悯的情怀描绘过这些乡野的历史与现实:种族歧视加诸人身与人心的野蛮的暴力,横扫一切的自然灾害,被贪婪的资本无情盘剥与鲸吞。在《我弥留之际》这部小说中,福克纳曾借他小说中的人物这样说道:"要是你能解脱出来进入时间,那就好了。"问题是,我们并不能经历一个没有物理空间和存在于这个空间之中的人类社会的单独的时间。

不得不承认,如今这些乡野比我们的乡野更多地分享了时代的进步与文明的成果。至少从表面看来,是一派安宁富足的景象。那样的旅行,像是在读惠特曼的诗:"现在,我在白天的时候,坐着向前眺望/在农民们正在春天的田野里耕作的黄昏中/在有着大湖和大森林的不自知的美景的地面上/在天空的空灵的美景之中(在狂风暴雨之后)/在午后的时光匆匆滑过的苍穹之下,在妇女和孩子们的声音中/汹涌的海潮声中,我看见船舶如何驶去/丰裕的夏天渐渐来到,农田中人们忙碌着/无数的分散开的人家,各自忙着生活,忙着每天的饮食和琐屑的家务……"

的确,我在那里看到了更多的宁静、安详,并感到那种纵深为未来提供了种种的可能。正由于此,我为自己的乡村感到哀伤。我想起当年那些从城里学校来到乡村的所谓知识青年,我自己也曾经是他们当中的一员。但是,这些人并未改变乡村,而是在乡村为温饱而挣扎的生活淹没了他们。这种生活熄灭了知识在年轻的心中燃起的所有精神性的火苗。怀着这样的心情,我和翻译驾车穿行异国广大的乡村,眼睛在观察,内心却不断地萦绕着记忆。

有一天,我们在路边停下车,走向一个正在用拖拉机翻耕土地的农夫。刚刚翻耕的沃土散发出醉人的气息,身后,好多飞鸟起起落落,那是它们在啄食刚刚被犁铧翻到地面上来的虫子。那个蓝眼睛的农夫停下了机器,从暖壶里给我斟上一杯热咖啡,然后，我们一起坐下来闲话。继续驾车上路时，我突然感到锥心的痛楚。因为我想起了另外一个拖拉机手，他是我中学时代最要好的同学。一次回乡，人们告诉我，他曾开着他的拖拉机翻到了公路下面。当时他可以自救，但他没有采取任何自救的措施。那天，我问他为什么，他面无表情地说："觉得就这么突然死去挺好，活着也没有什么意思。"那时，我感到的就是这种锥心的痛楚。他是村子里那种能干的农民。能在20世纪80年代开上一部拖拉机四处奔忙就是一个证明。后来，他用挣来的钱开上了卡车，开着卡车长途贩运木材挣钱。那是90年代。后来，这个少年时代的朋友就殒命在长途贩运木材的路上。山上的木材砍光了，泥石流下来了，冲毁的是自己的土地与房舍。少年时代，我们一起上山采挖药材，卖到供销社，挣下一个学期的学费。那时，我们总是有着小小的快乐。因为那时觉得会有一个不一样的未来。而不一样的未来不是乡村会突然变好，而是我们有可能永远脱离乡村。的的确确，在异国的乡野中——有着朴素教堂与现代化的干净的小镇的乡野，我又想起了他。不只是一个故事，而是一种痛楚。

我还想起一个人。

一个读书读得半通不通的人，一个对知识带着最纯净崇拜的人。他带了很多从捣毁的学校图书馆里流失出来的书回到乡下。以为自己靠着这些书会了悟这个世界的秘密。而他还有另外一个朋友，一个不相信书本，相信依靠传统的技能就能改变命运的人。他们曾经真实存在吗？他们是出于想象吗？对一个小说家来说，从真实处出发，然后，越来越多的想象。想象不同于自己的生活道路的人的种种可能。生活中有那么多歧路，作家自己只是经历了其中的一种。而另外的人，那些少年时代的朋友的去向却大相径庭。我知道他们最终的结局，就是被严酷的生活无情地淹没。但内心的经历却需要想象来重建，于是，我在印第安纳停留下来,开始了《空山》第三卷《达瑟与达戈》的写作。这次写作不是记录他们的故事,而是一次深怀敬意与痛楚的怀念。至少在这个故事中,正是那种明晰的痛楚成为我写作的最初的冲动,也是这种痛楚,让我透过表面向内部深入。一个作家无权在写作的进程中粉饰现实,淡化苦难。但我写作的时候,一直有一个强烈的祈愿,让我们看到未来!

异国的乡村的现实似乎也不是中国乡村的未来,那么,让我们看到自己的未来!

三、关于消逝:重要的是人,还是文化

其实,无论是步步紧逼的现实,还是关于人类社会历史进程的常识,我们都知道,一切终将消逝,个体的生命如此,个体生命聚集起来的族群如此,由族群而产生的文化传统也是如此。这些都是一些基本常识。我用怀念的笔调和心情来写那些消失与正在消失的生命,以及他们的生存方式。所谓文化,并不是如一些高蹈的批评家所武断地认为的那样,是出于一种狭隘的文化意识,更直接地说,是出于某种狭隘的民族本位主义。

是的,消失的必然会消失。特别对文化来说,更是如此。自从有人类社会以来,族的形成,国的形成,就是文化趋同的过程,结果当然是文化更大程度上的趋同。如果说这个过程与今天有什么不同,那就是因为信息与交通的落后,这个世界显得广阔无比,时间也很缓慢。所以,消失是缓慢的。我至少可以猜想,消失的缓慢会有一个好处,那就是人们在不知不觉中习惯这个消失的过程,更可以看到新的东西慢慢地自然成长。新的东西的产生需要时间,从某种程度上说,进化都是缓慢的,同时也是自然的。但是,今天的变化是革命性的:迫切、急风暴雨、非此即彼、强加于人。理解要执行,不理解也要执行。不然,你就成为

前进道路上一颗罪恶的拦路石,必须无情地毫无怜悯地予以清除。特别是20世纪,特别是20世纪的后五十年,情况更是这样。而且,今天越来越多的人在形成共识:那个时代的许多事情至少是太操之过急了。结果是消灭了旧的,而未能建立新的。我们的过去不是一张白纸,但我们费了好多劲去涂抹,要将其变成一张白纸,以期画出"最新最美的图画"。但结果如何呢?涂抹的结果不是得到一张干净的白纸,而是得到一张伤痕累累的、很多脏污残迹的纸。新图画也成为一个遥远的梦想。政治如此,经济如此,文化更是如此。今天的许多社会问题,大多数都可以归结为文化传统被强行断裂。汉文化如此,少数民族文化更是如此。这不是我的发明,我不过是吸收了这个社会大多数人的共识。正是基于这样的认知与感受,我的小说中自然关注了文化(一些特别的生活与生产方式)的消失,记录了这种消失,并在描述这种消失的时候,用了一种悲悯的笔调。这是因为我并不认为一个生命可以在任何一种文化中存身。一种文化——更准确地说是生活与生产方式的消失,对一些寄身其中的个体生命来说,一定是悲剧性的。尤其是在我所描述的这个部族,这个地区,在此之前,他们被区隔于整个不断进化的文明世界之外已经太久太久了。这不是他们主动的选择,这是他们从未出生时就已经被规定的命运。政治学或社会学对此种状况的描述是"跨越"。须知,社会的进步不是田径场上天才运动员一次破纪录的三级跳远。屏气,冲刺,起跳,飞跃,然后欢呼胜利。这个社会当然落后,但这种状况不是老百姓造成的。社会当然应该进步,但他们从来没有准备过要一步跨越多少个世纪的历史。于是,当旧的文化消失,新的时代带着许多他们无从理解的宏大概念迅即到来时,个人的悲剧就产生了。我关注的其实不是文化的消失,而是时代剧变时那些无所适从的人的悲剧性的命运。悲悯由此而产生。这种悲悯是文学的良心。

当我们没有办法更加清晰地看到未来时，这种回顾并不是在为旧时代唱一曲挽歌，而是反思。而反思的目的，还是为了面向未来。如果没有反思，历史本身就失去了价值，只不过文学的方法比历史学普遍采用的方法更关注具体的人罢了。

我很遗憾读到了一些文字，以为这个作家就是一个愿意待在旧世界抗拒并仇视文明的人。我不愿意揣度是因为我的族别，以为有了这样一个族别就有了一个天然的立场，在对进步发出抗议之声。我愿意相信，这样的声音只是基于简单的社会进化论的一种只用政治或社会学的眼光来阅读文学作品的一个结果。我想，这就是桑塔格所指控的那种"侵犯性"的阐释。

萨义德说过这样的话："所有文化都能延伸出关于自己和他人的辩证关系，主语'我'是本土的，真实的，熟悉的，而宾语'它'或'你'则是外来的或许危险的，不同的，陌生的。从这个辩证关系衍生出一系列的英雄和怪兽，开国者和野蛮人，受人尊重的名著和被人轻视的对立面，这表达了一种文化，从它最根本的民族自我意识，到它纯净的爱国主义，最后到它粗鄙的侵略主义、仇外，以及排他主义的偏见。"

我在最近为自己的一本韩文版小说集所写的序中这样说："我曾经遇到一些读了我的书后不高兴的人，因为我说出了一个与他们想象，或者说别一些人给他们描绘的不一样的西藏。因而我在什么地方冒犯了他们……他们不想知道还有另一个西藏。好在，大多数的读者不是这样。我写作的动力也正是源于大多数读者不是这样。在我的理解中，小说家是这样一种人，他要在不同的国度与不同的种族间传递信息，这些信息林林总总，但归根结底，都是关于沟通与了解，而真实，是沟通与了解最必需的基石。"

从某种意义上说，我甚至不是一个如今风行世界的文化多样性观念的秉持者。

这个世界上有着多种多样的文化是一个客观事实。这个世界上很多文化正在消失也是一个客观事实。这些文化所以消失,大多是因为停滞不前而导致其在现代社会中无法适应,也就是竞争力的消失。保护和尊重文化多样性的观念首先来自身居文化优势地位的西方知识分子,用历史学家许倬云的话说,这是因为担心多样文化的消失,"可能会剥夺了全体人类寻找未来方向的许多可能选项。"但我不大相信,按现今社会的发展态势,人类会停下来,回过头去寻找另外的社会进化途径,去重新试验那些"可能选项"。这种以生物界的进化理论为根据的文化多样性理论表面看来具有充足的理由,但实际情形可能并不是这样。因为,文化不是一个独立的问题,而是与政治、经济紧紧地纠结在一起。任何一个族群与国家,不像自然界中的花草,还可能在一些保护区中不受干扰地享有一个独立生存与演化的空间,文化早已失去这种可能性了。基于这样的认识,我不哀悼文化的消亡。但我希望对这种消亡,就如人类对生命的死亡一样,有一定的尊重。尊重旧的,不是反对新的,而是对新的寄予了更高的希望,希望其更人道,更文明。在任何一种文化中,人们哀悼逝者,讲述死者的故事,缅怀那些从身边消失的人的音容笑貌,肯定不是因为仇视新生命的到来。

我始终觉得,我们的思想中有一种毒素,那就是必须为一个新的东西,或者貌似新的东西尽情欢呼,与此同时,就是不应该对消逝的或正在消逝的事物表示些许的眷恋。我们一直生活在一种对"新"的简单崇敬中间。认为"新"一定高歌猛进,"新"一定带来无边福祉,"新"不会带来不适应症,"新"当然不会包含任何悲剧性的因素。

必须再说一次,我希望"新"的到来,"旧"的消失的过程中,能够尽量少一些悲剧,不论这些悲剧是群体性的还是纯粹只属于某些个体。

我并不认为写作会改变什么,除了自己的内心,也许可能还有另外一些人的内心。

我比较信服萨义德的观点,他说,知识分子的表达应该摆脱民族或种族观念束缚,并不针对某一部族、国家、个体,而应该针对全体人类,将人类作为表述对象。即便表述本民族或者国家、个体的灾难,也必须和人类的苦难联系起来,和每个人的苦难联系起来表述。这才是知识分子应该贯彻的原则。他说:"知识分子的重大责任在于明确地把危机普遍化,从更宽广的人类范围来理解特定的种族或民族所蒙受的苦难,把那个经验连接上其他人的苦难。"

我想,当一个小说家尽其所能做了这样的表达,那么,也会希望读者有这样的视点,在阅读时把他者的命运当成自己的命运,因为相同或者相似的境遇与苦难,不同的人,不同的族群,在不同的历史时期,或者曾经遭遇与经受,或者会在未来与之遭逢。从这个意义上说,任何一个文本都是一个人类境况的寓言。

《格萨尔王传》：一部活着的史诗

——小说《格萨尔王》再版后记

也许，我们还有机会一起重温这次经历，重温这部伟大的史诗，重温西藏的历史与文化，看看当一个世界还存在着多元而丰富的文化的时候，该是一件多么有意思的事情。

一部活着的史诗

我要从一首诗开始：

> 智慧花蕊，层层秀丽，少年多英俊，
> 观察诸法，如钩牵引，扣入美女心，
> 彻见法性，明镜自观，变化千戏景，
> 作者为谁，乃五髻者，严饰住喉门。

在西藏，更准确地说，是在藏族人传统的写作中，无论即将展开的是一个什么样的题材，也无论这本书是什么样的体裁，一定有这样的诗词写在前面。这首诗是藏族一本历史名著《西藏王臣记》开篇时作者写下的赞颂词，作者是五世达赖喇嘛。这首诗是献给文殊菩萨的，进过寺院的人应该都熟悉这位菩萨，他和另一位菩萨普贤，常常跟释迦牟尼佛并立在一起，所谓左文殊，右普贤。一个骑狮，一个乘大象，骑乘的动物与方位，是辨识特征。为什么要赞颂文殊呢？因为他是智慧的象征，又称自在之王。赞颂他，是祈望得到他神力的加持，开启才智，以便写作顺畅并充满洞见与真知。

我所要展开的话题，并不专注于宗教，而更多的是作为中华文化组成部分的藏族历史与文化。之所以这样开场，无非是想向大家说明，文化并不只是内容的差异，还包括了形式上的分别。很多时候，这种形式上的分别更为明显也更为重要。外国人出了一本书，无论是学术著作还是文学作品，往往会在扉页上写一行字，一般是献给某某人，这个某某或者是作者所爱的人，或者是在写作这本书时给予过他特别帮助的人。但这样的赞颂词并不是这本书整体中的一部分，而是传统的藏族知识分子的在写作中每本书都必不可少的组成部分。

这说明了一个问题，在藏族人传统的观念中，写作是一件具有"神性"的事情，是探寻人生或历史的真谛，甚至是泄露上天的秘密。不过，这个秘密有时是上天有意泄露出来的，通过一些上天选中的人透露出来。所以，一个人有了写作的冲动时，也会认为是上天选中了自己，所以要对上天的神灵顶礼赞颂。

我所要讲的《格萨尔王传》不是一部文人作品，而是一部在民间流传很广很久的口传文学作品。故事的主人公格萨尔本来生活在天界，看到人间的纷乱与痛苦，发大愿来到人间——不是电视剧中那样直接地驾着祥云下来，而是投生到人间来，像凡人一样成长，历经人间各种艰难苦厄而后大功告成，最后又回归天界。这部作品不是一部正经的历史书，但研究这部史诗的专家们得出了一致结论，相信这个故事还是曲折反映了西藏的一些历史事实。但在民间，老百姓的兴趣往往不是真实的历史，而是艺术化的历史。这一点，在别的民族文化中也何尝不是如此。在汉族文化中，比如玄奘取经的过程变成《西游记》的传奇故事，《三国志》演变成《三国演义》，以及今天在影视剧和网上写作中大量出现的戏说式的作品其实反映了人们的一种心理，愿意知道一点历史，但真实的历史又过于沉重，于是，通过戏仿式的虚构将其变"轻"，变得更具娱乐性。我认为这其实反映出人的一种两难处境，我们渴望认识世界，洞悉生活的全部秘密，但略一体察，生活沉重的、无序的一面又会让我们因为害怕压力与责任而迅速逃离。所以，我们往往装扮出对生活的巨大热情，但当生活呈现出一些我们并不希望的存在时，我们就会假装什么都没有看见。其实，人不可能从真实的生活中逃离出去，于是，就在文艺作品中去实现，今天，网络时代提供的更多的匿名的、游戏性的空间使人们在艺术之中也找到了新的逃离的可能。在今天，人类用一些方式把不想看见的事实遮掩起来的智慧正在得到空前发展。

《格萨尔王传》是一部在历史事实的基础上演绎出来的作品，只不过其中历史的身影更为稀薄难辨。好多研究者都告诉我们，从历史到演义，都有一个从民间的以话本方式流传，到最后经文人整理定稿为小说的漫长过程。而《格萨尔王传》经过了一千多年，还处于由不同的民间艺人在民间自由流传的阶段。这部史诗在不同的历史阶段，也曾有人把不同艺人演唱的不同版本记录下来，所以也就出现了许多不同的文字记录本，但是，这些记录本并没有使这部宏伟的史诗在民间的口传，以及于口传中的种种变异停止下来。有两张照片是我在准备《格萨尔王》前期，在四川甘孜州的色达县见到的两个说唱艺人。我见到的这种人物太多，都忘记他们的名字了。这位妇女没有文化，她在放牧的时候搜罗花纹奇异的石头。在收藏很热，热到什么都有人收藏的今天，她搜罗这些石头，是为了奇货可居吗？不是，她甚至不知道这个世界上有什么奇石收藏。她声称，每一块石头对她来讲，就像是一块电影屏幕。当她祈祷过神灵，手托任意一块石头，格萨尔故事中的某一个片段就呈现在眼前,她就半闭着眼睛开始吟唱了。这位老者像老僧坐禅一样,安坐在自己家中,沉默寡言,但一旦灵感降临,立即就是另外一种状态了。什么样的状态呢?一个法国人在差不多一个世纪前也接触到这样的民间说唱艺人,他说:"是神灵附体的激情状态。"

在前面,我有过"神性"写作的说法,藏族民间的口传文学也具有相同的特点。说唱艺人相信演唱能力是神所赐予,其方式对今人来说就显得十分神秘。比如那个妇女,没有文化,不识字,却具有杰出的演唱才能。没有文化或文化水平很低下的人们演唱时,使用的不是日常口语,而是韵律铿锵协调的非常古雅的书面语言。法国藏学家石泰安说:"口头的唱本是通过到处流浪的职业歌手或游吟说唱艺人进行传唱。一些人可能了解全部史诗或大部分章节,另一些人可能仅了解其中的一部分。如果邀请他们吟诵,他们可以日复一日、年复一年地背诵吟唱。"

在藏语里头,把这样的民间说唱艺人叫做"仲肯"。仲,是故事,肯,就有神授的意思,意译一下就是神授的说唱人。就是这些人,让这个故事在青藏高原从事游牧与农耕的藏族人中四处流传。

除了说唱艺人,我还遇到一种用笔书写格萨尔故事的人。就在前面介绍的两位说唱艺人所在的那个色达县,我就遇到了这样一个喇嘛在书写新的格萨尔故事。人们会说,那么,他是个跟你一样的作家。我想如果我同意,那个喇嘛自己也不会同意这种说法。第一,他专写格萨尔故事;第二,他不认为故事是写出来的。故事早就发生过,早就在那里,只是像宝藏深埋于地下一样埋藏在心中。一个人的心灵就像一个富含宝藏的矿床。他所做的,只是根据神灵的某种神秘开示,从内心当中,像开掘宝藏一样将故事开掘出来。这种人,被格萨尔研究界命名为"掘藏艺人"。2006年夏天,我和两位国内权威的格萨尔研究专家去访问过这位喇嘛,他刚刚完成了一部新的作品,更准确地说,刚刚成功地完成了一次"掘藏",坐在禅床上时人显得虚弱不堪,与我们交谈时嗓间低沉沙哑,但是,谈到从他笔端涌现出来的新的格萨尔故事时,他的眼睛中发出了特别的光亮。

如果做一个简单的总结,我们可以说,这是一部有着神性光彩的活着的史诗。

最长的史诗

我所以要说这些话,是因为我用现代小说的方式重写了史诗《格萨尔王传》。大家已经知道,这个故事在青藏高原上的藏族人中已经流传一千多年了。我不过是在这漫长的历史与宽广的大地上成长起来的难以计数的故事讲述人中的一个。这个名叫《格萨尔王传》的故事,在学术界有着不同的命名,有时叫做神话,有时叫做史诗。其实,在有关于人类远古历史的那些传说中,史诗和神话往往是同一回事情。作家茅盾说史诗是"神话的艺术化",就是这个意思。这部史诗至今在世界上保持着两个世界纪录,前面已经说到了一个纪录——活着的史诗。现在来谈第二个纪录,《格萨尔王传》是全世界最长的史诗。

这部史诗在青藏高原上虽然流传很长时间了,但被外界发现、认识并加以系统研究不过是两百年左右的事情。在此之前,分别有其他国家的史诗曾经保持着最长史诗的纪录。大家知道,今天这个世界的文化是以欧洲文艺复兴以来的文化作为主流的,而欧洲文艺复兴的精神源头在古代希腊。于是,很长一段时间里,人们说到史诗就是希腊史诗。希腊史诗的代表作是《伊利亚特》和《奥德赛》。相传这些作品那时候是由一个叫做荷马的盲眼诗人所吟唱,他携带着一把琴,四处流浪,所以,又叫做《荷马史诗》。《伊利亚特》共一万五千六百九十三行,《奥德赛》一万二千一百一十行。《荷马史诗》在世界上影响巨大,直到今天，这些故事还在不断被改写。改写成舞台剧、好莱坞大片，改写成小说，比如《奥德赛》中奥德修斯的故事被加拿大著名小说家阿德伍德改写成了小说《珀涅罗珀》，并以此作品参加全世界有近白位作家参加的一个国际写作项目"重述神话"。我也是这个计划的参加者之一，用长篇小说《格萨尔王》和全世界众多优秀作家一起参与"重述神话"的活动。

《荷马史诗》之后，随着人们视野的扩展，人们又发现了印度的两大史诗《罗摩衍那》和《摩诃婆罗多》。《罗摩衍那》最精短的本子有三万多行。《摩诃婆罗多》则长达二十多万行。印度伟大的诗人泰戈尔曾说过："如果说有某一部作品把喜马拉雅山那么高洁的普遍理想和大海一样深邃的思想同时进行了概括的话，那就只有《罗摩衍那》。"刚刚去世不久的季羡林先生，在 70 岁左右还亲自完成过一个《罗摩衍那》的新的中文译本。

现在已经历数了四部最著名的史诗，再加上世界上最早的巴比伦的《吉尔伽美什》，统称为世界的"五大史诗"。这部史诗是于 1872 年由英国人从巴比伦废墟里挖掘出来的，故事用古代巴比伦人的文字刻写在泥版之上，本身已经残缺不全，我们已经无法窥见全貌，而且，那种文字，除了极少极少的专家，已经无人能够辨识了。但是，它出自古代巴比伦，产生的时间应该是最早的，所以，也在五大史诗中占有了一席之地。

《格萨尔王传》呢？法国藏学家石泰安在《〈格萨尔王〉引言》一文中说："欧洲在 1836 年到 1839 年间首次通过译文了解到这个传奇故事。"1836 年，《格萨尔王传》的译本在俄国圣彼得堡出版，但系统性的研究还要差不多一百年后才正式开始。不然，"五大史诗"可能就要被叫做"六大史诗"了。之所以如此说，当然不是出于简单的民族情感，要把自己文化中所有的东西都无条件视之为伟大。在我的研究与写作过程中，这种情绪是我一直提醒自己要随时克服的东西。知识会成为学养，学养会帮助我们消除意识中那些因短视与狭隘而引发的情绪。我想，开场时讲到的那样的著作者所以要通过赞颂菩萨，也是希望获得这样的洞见的力量。藏族人给多学多闻多思的人一个美称叫"善知识"。如果我要称颂什么，我就称颂符合这个标准的"善知识"。

但《格萨尔王传》真的创造了一个世界第一，即在史诗中至少是长度第一。有多长呢？上百万行，一百五十多万行。关于更具体的数字，不同的资料有不同的说法。为什么在统计数字上有如此的出入呢？这是因为，与前述那些史诗不同，这部作品主要是通过许多民间艺人的口头演唱在民间流行，这些民间艺人就是古代所谓的行吟诗人。不同的艺人演唱时并没有一个固定的稿本，即便是演唱同一段故事，不同的艺人都有不同的想象与不同的发挥，整理成固定的文本时，首先就有了长度的差别。

更重要的，前面说过，这部史诗还活着，还在生长，还在产生新的部分。格萨尔还是那个叫做"岭"的国家的国王，还在率领那个国家军队东征西讨，斩妖除魔，开疆拓土。也就是说，这个故事的篇幅还在增加。

史诗过去是由行吟诗人演唱的，《伊利亚特》与《奥德赛》叫做《荷马史诗》，就是因为是由那个瞎眼的荷马，在古希腊那些不同的城邦国家间演唱出来的。我们知道，古代希腊并不是一个统一的国家，而是好多个城邦国家组成的。这些城邦国家时常需要联合起来共同抵御外来势力的入侵。与此同时，这些城邦之间也上演分合不定，时战时和的大戏，但行吟诗人和他的故事却自由地穿越着这些城邦，成为他们共同的辉煌记忆，但这种记忆已经凝固为纸面上的文字。而巴比伦的史诗已经凝固为今天已经很少有人能够辨识的泥版上的文字。唯有《格萨尔王传》还在生活于青藏高原上的藏族人中间，在草原上的牧场，在雅鲁藏布江，在黄河，在金沙江，在所有奔流于高原上的大河两岸的农耕村庄里由不同的民间艺人在演唱。

直到今天为止,格萨尔故事的流传方式依然如此,没有什么改变。史诗仍然以其诞生之初就具有的流传方式活在这个世间,流传在这个世间。就像著作者在写作之前会首先用赞颂词的方式祈求神佛菩萨的佑助,这些演唱者"头戴一种特殊的帽子",并以一首特殊的《帽子歌》来解释这项说唱帽各个部分所具有的象征意义。他们所以这样做,除了希望得到神灵的护佑,更重要的是一种宣示,告诉人们,这部史诗的演唱因为有神的授权或特许,与民间那些纯粹娱乐性的演唱间有着巨大的区别。长此以往,演唱者们的演唱开始时就具有了一些固定的程式。

说唱艺人都有的这顶特别的帽子,藏语里叫做"仲厦"。大家已经知道,"仲"是故事的意思,而这个"厦"的意思正是帽子。那么,这个帽子就是说故事时戴的专用帽了。这里有一张照片,20世纪30年代由一个外国人摄于尼泊尔。而这一张说唱帽的照片是我在康巴草原拍下的。在正式说唱史诗的故事部分之前,演唱者会赞颂这顶帽子,因为这顶帽子上每一个物件与其形状都是某种象征。他们会把帽子比作整个世界,说帽子的顶端是世界的中心,其他大小不同的装饰物,或被比作江河湖海,日月星辰。有时,这样的帽子又被比喻成一座宝山,帽子尖是山的顶峰,而其他的装饰与其形状,则分别象征着金、银、铜、铁等丰富的宝藏。之后,就可以由此导入故事,说正是由于格萨尔王降伏了那么多妖魔鬼怪,保卫了蕴藏着丰富宝藏的大山,如今的人们才能安享这些宝藏中的无尽财富。上述材料,转引自格萨尔研究专家降边嘉措先生的专著《〈格萨尔〉初探》。我本人也观赏过好些"仲肯"的演出,但在我这次讲座中,但凡可以转引专家们研究成果的地方,我将尽量加以转述。为什么要如此呢?除了《格萨尔王传》这部伟大的史诗本身,我还想让公众多少知道一点国内外研究这部史诗的人并分享他们研究的成果。作为一个作家，我很认真地进入了这个领域，但我知道，当我的小说出版，当这个讲座完成，我就会离开这个领域，而进入一个新的题材领域。而这些研究者，他们还会在这个领域中间长久地坚持。转引他们的研究成果，是我充实自己的方式，也是向他们的劳动与成就表达敬意的方式。降边嘉措先生还在他的文章中告诉我们："这种对帽子的讲述，成了一种固定的程式，有专门的曲调，藏语叫'厦协'。"

"这种唱词本身就同史诗一样，想象丰富，比喻生动贴切，语言简练优美，可以单独演唱，是优秀的说唱文学。"

史诗的发现

"发现"，这对我来讲，是个有些艰难的话题。不是材料不够，或者线索的梳理上有什么困难，而是这个词本身带来的情感上的激荡。我们自己早就存在于这个世界上，也早就意识到了自己在这个世界上的存在。不然，我们不会有宗教，有文学，有史诗，所有这些精神性的存在，都是因为人意识到自己在地球某一处的存在，意识到这种存在的艰难与光荣而产生出来的。描述这种存在，歌颂这种存在，同时，也质疑这种存在。

从这个意义上讲，《格萨尔王传》也是意识到这种存在的一个结果。我们可以说，自这部史诗产生以来，就已经被演唱的人，聆听的人，甚至那些留下了文字记录本的人所发现。问题是，自哥伦布们从伊比利亚半岛扬帆出海的那一刻起，这个世界的规则就开始改变了。在此之前，一种文化，一个民族，一个国家只需要自我认知，即是发现。但从这一个时刻起，这个世界上的不同文化便有了先进与落后的分别，强势与弱势的分别。从此仅有自我认知不行了，任何事物，都需要占有优势地位的文化与族群来发现。所以，印第安人在美洲生活了几千年，但要到

15世纪等欧洲人来发现。中国的敦煌喧腾过,然后又在沙漠的包围中沉睡了,还是要等到欧洲人来发现。

《格萨尔王传》的命运也是一样。

前面说过,法国藏学家石泰安把发现这部史诗的日子定在1836年,标志是其部分章节的译本在欧洲出版。非常有意思,这个译本是根据蒙古文翻译的。也就是说,在欧洲人的发现之前,这部藏族人的史诗已经被生产方式和宗教信仰都非常接近的蒙古人发现了。但这个发现不算数。所以,要直到欧洲人来发现才算是发现。于是,就像这个世界上有许多事物被发现的时间点一样,这个时间点也是由欧洲人的眼光所及的时间来确定的。在这里,我陈述的是一个事实,从殖民时代一直延续到后殖民时代的基本事实,而并不是对石泰安先生个人有什么不满。相反,他个人在藏学和格萨尔研究方面卓有建树,他于1959年在法国出版的《西藏史诗与说唱艺人研究》一书,长达七十余万言,也是我初涉这个题材领域时的入门书之一。

下面我来说说,汉语世界发现这部作品的过程。

这里使用的材料,主要引自四川社科院研究员任新建先生的文章。关于国外发现格萨尔故事的过程,任先生给了我们更详尽的说明。1886年,俄国人帕拉莱斯在蒙古旅行时,发现了这部史诗的蒙文本,后来在圣彼得堡出版的译本就是这个人搜集来的。直到1909年,法国传教士在拉达克(今属印巴争议的克什米尔地区)搜集到两本藏文本,翻译后在英属印度出版。1931年,法国女探险家大卫·妮尔夫人从四川方向进入西藏,就在林葱土司家中借阅了土司家珍藏的《格萨尔王传》手抄本,在接下来的行程中,又在今天的青海玉树地区记录到一个说唱艺人的唱词。后来,她将这些内容整理成书,以《岭·格萨尔超人的一生》为名,在法国出版。这虽然不是《格萨尔王传》的原貌,却也比较完整地介绍了整部史诗的大致轮廓。20世纪50

年代后,国外的格萨尔研究才有了巨大的进展,涌现出了一批卓有建树的"格学"家。前述法国的石泰安先生就是其中的一位佼佼者。

我们说,在今天这个时代,"发现"的意义不再是自我认知,而是来自更为强势的外界的发现。地区与地区之间,国家与国家之间如此,不同的族群与文化之间也是如此。所以,我们谈流传于青藏高原的藏族史诗《格萨尔王传》的发现,既是指被中国以外的西方世界发现,也是指在中国居于主流地位的汉文化对这部史诗的发现。

与西方的发现相比,这是一个优美的故事。

时间要回到上世纪20年代末,一位在四川一所中学教授四川乡土史的老师放下了教鞭,受邀前往康区,也就是今天的四川省甘孜藏族自治州考察。后来,我也曾为考察《格萨尔王传》的流传多次前往这一地区。所不同的是,我是驾驶性能可靠的越野车前往,而这位叫做任乃强的先生前往的那个时代,这十几万平方公里的土地上还没有一寸公路。但这位先生,在1929年到1930年一年时间里,先后考察了泸定、康定、道孚、炉霍、甘孜、新龙、理塘和巴塘等十余县。据任先生自述:"所至各县,皆周历城乡,穷其究竟,鞍马偶息,辄执土夫慰问,征其谈说,无论政治、军事、山川、风物、民俗、歌谣……皆记录之。"后来这些记录文字陆续在内地汉文报刊发表,其中就有关于《格萨尔王传》的介绍。

此前,汉族地区也有关于这部史诗的流传,但人们满足于道听途说,而未加考证,便妄下断言,认为是藏族人在用一种特别的方法传说关羽关圣人的故事,后来又以为是藏族人在用藏语传说三国故事,便命名为"藏三国"或"蛮三国"。任乃强先生第一次于1930年用汉文发表文章,从而向汉语世界的读者表明,这部被称为"蛮三国"的作品,实为流传于藏族民间的一种"有唱词"的文学艺术,内容"与《三国演义》无涉"。并且,他还在文中模拟演唱者的语调翻译了一段。

在这次考察活动中,任先生不仅收获了许多文化成果,更发现在被视为"蛮荒之地"生活的康巴藏人"有内地汉人不及的四种美德,即仁爱、节俭、从容、有礼"。他感到,在真正认知这个民族时,还有语言上的隔阂和民族心理差异这两个障碍需要跨越。他以为,找一个藏族人为妻可能是跨越这两大障碍的最方便办法。于是,他便请人做媒说亲,娶得新龙县藏族女子罗珠青措为妻。而他最初介绍到汉族地区的格萨尔故事,就是在其历时七天的藏式婚礼上,根据妻子的大姐在欢庆时刻的演唱所做的记录。

我这个故事,来自任新建先生所写的回顾《格萨尔王传》研究史的文章。而任新建先生,正是任乃强先生和罗珠青措的儿子。任新建先生子承父业,在藏学研究上有很高的成就。

对一个作家来说,对一个虚构性的传奇故事进行再一次的虚构,并从这个宏伟的故事框架中,时时窥见到历史依稀的身影,是一种非常奇妙的经历。正因为有一个古老的故事在先,我的虚构又不是信马由缰,时时让我回到实实在在的历史现场与文化氛围中间,整个写作过程成为一段庄重的学习历程,使自己感情充实精神丰满,也许,我们还有机会一起重温这次经历,重温这部伟大的史诗,重温西藏的历史与文化,看看当一个世界还存在着多元而丰富的文化的时候,该是一件多么有意思的事情。

现在照应一下开篇,解释一下开篇时所引的那首诗体的赞颂词。这首赞颂词的汉译者是刘立千先生,一位对西藏学有深厚造诣的汉族学者。他说,这首诗前三句是说文殊菩萨妙智无穷,如绽放的花朵层层无尽展开。这样智慧的花朵吸引我们犹如英俊少年牵引少女的心灵。刘立千先生指出,这是运用了藏族修辞学著作《诗镜论》上的形象修辞手法,用经过比喻的事物,再去比喻另一事物,就是比喻中套着比喻。这也说明,不同的文化所哺育的不同的语言,总有着别种语言没有的特别感受与特别的表达,正是由于这些原因,多元文化的存在才使这个世界显得丰富多彩。

补记:

其一,这篇稿子本是为上电视讲坛而作的,但后来没有做成,后来拿到南京与珠海的文化讲坛上讲过;其二,不说尚未再版,我想总是会再版的,那么就预作一个后记吧。